深圳青春文学精品工程

控脑游戏

王艺博 / 著

海天出版社（中国·深圳）

图书在版编目（CIP）数据

控脑游戏 / 王艺博著. — 深圳 : 海天出版社，
2017.7
（深圳青春文学精品工程）
ISBN 978-7-5507-2112-8

Ⅰ.①控… Ⅱ.①王… Ⅲ.①长篇小说—中国—当代
Ⅳ.①I247.5

中国版本图书馆CIP数据核字(2017)第182093号

控 脑 游 戏

KONGNAO YOUXI

出 品 人　聂雄前
责任编辑　李　春
　　　　　蒋鸿雁
责任技编　梁立新
责任校对　侯天伦
插画设计　吴雅蒂
装帧设计　思成致远

出版发行　海天出版社
地　　址　深圳市彩田南路海天大厦（518033）
网　　址　www.htph.com.cn
订购电话　0755-83460293（批发）0755-83460397（邮购）
排版制作　深圳市思成致远创意文化有限公司　0755-82537697
印　　刷　深圳市希望印务有限公司
开　　本　787mm×1092mm　1/16
印　　张　13
字　　数　100千
版　　次　2017年7月第1版
印　　次　2017年7月第1次
定　　价　30.00元

新的十年，新的期待（代序）

谢 晨

缘起：深圳青春文学精品工程十年点滴

十年前，我是深圳翠园中学文学社的一名专职教师。大约是在2007年春节过后，十六岁的翩翩少年袁博，我的文学社长，递给了我一部长篇动物小说《大漠落日——一个鸵鸟家族的故事》打印稿，其实是由八个相对独立的中篇组成，每一个鸵鸟形象都与作者童年在其父亲开办的一家鸵鸟养殖场的经历有关。我知道，立志报考大学生物系的袁博已经熟读了欧美和国内大量生物学经典原著，还撰写了中国动物小说作家沈石溪和日本动物小说代表作家的系列评论，《大漠落日》是建立在作者独特经历和较好的动物学、生物学理论基础上的，小说"每一句话都要适合动漫改编"的唯美追求和英雄主义情结，在青春文学创作中也是不多见的。我在第一时间将书稿给了时任深圳市文联副主席的杨宏海先生和海天出版社青春读物编辑部主任蒋鸿雁先生，前者是长篇小说《花季·雨季》的发现者和出版推动者，《花季·雨季》最初是深圳育才中学学生郁秀写在练习本上的。《大漠落日》得到杨宏海先生的高度认可。海天出版社也同意出版。不久，著名作家曹文轩先生来到深圳讲学，杨宏海副主席和我带着袁博和他的书稿，与曹文轩老师在南山的一家酒店共进晚餐，曹老师对少年袁博耳提面命，并欣然同意为《大漠落日——一个鸵鸟家族的故事》作序。深圳一家动漫公司腾龙堂老总——徐氏兄弟亲自为该书画出了精美的动漫插图。2008年6月，首部中学生长篇动物小说《大漠落日——一个鸵鸟家族的故事》出版。作为深圳青春文学精品工程首批作品，还包括由学林出版社出版的深圳另一个天才少年赵荔与英国创意产业之父约翰·霍金斯合著的全球首部青少年创意读物《遭遇创意队》。2009年11月，第十届深圳读书月期间，我们在深圳中心书城举行了"创意写作与创意少年"论坛，约翰·霍金斯出席论坛，深圳青春文学在《大漠落日——个鸵鸟家族的故事》《遭遇创意队》的基础上首次提出了创意写作理念，强调青春写作要主动关注创意文化和创意产业，以创意写作提升青春文学的品质。

当年十六岁的少年袁博，现在是复旦大学博士，耶鲁大学福克斯国际学者，北卡罗莱纳大学访问学者，已出版近20部长篇动物小说，五次获得冰心文学奖，被誉为"动物文学神童"、"学者型动物小说作家"。当年的天才少女赵荔已婷婷玉立，历数年创作的30万字长篇科幻小说《井字游戏》已经杀青，引起有关专家关注。

青春的城市需要青春的文学。截至2017年，深圳青春文学精品工程已经走过了十年，出版了50多部校园长篇小说或文集，一批少年作者从这里走向了创意文化的舞台，更多的孩子在这片文学天空下读书、写作，获得了精神的成长，他们也用自己的方式向世界传达了这座青春城市的人文信号。

期待：迎接深圳青春文学新的十年

著名文学评论家、国内青春文学的重要推手白烨先生这样评价深圳青春文学："与别的地方的青春文学相比，深圳的青春文学，作者队伍更为年轻，写作风格更为纯正。深圳青春文学在自身成长中取得的经验，委实宝贵，值得重视，需要推广。"我认为，深圳青春文学的基本经验就是阳光写作和创意写作。在深圳青春文学精品工程项目即将迎来新的十年，由两个深圳男孩创作的长篇小说《狼啸》和《控脑游戏》给我们带来了新的惊喜，一批幻想小说、成长小说和文化散文集也进入了出版视野。

现就读于深圳高级中学的高二学生，深圳十佳文学少年获得者，阳光男孩马知行，健硕的身材，健康的古铜色，也是一个动物爱好者，养有一只宠物变色龙，他对动

序 言

物行为学的研究也到了痴迷的地步。爸爸是老马，儿子是小马，几乎每个寒暑假，老马都要自驾车，带着小马云游四方，小马的很多文字便是在旅行中完成的。《狼啸》以红狼坎坷的生命历程为主线，集中刻画了红狼、狼王、狼群"二把手"、豺王、母豺等主要角色和猎人、黑马、岩羊、猞猁、眼镜蛇、猎狗等配角。有追捕，有逃亡，有打斗，有诡计，有得失，有喜乐，有恩怨；有正义和邪恶，有个体和团队，有睿智和勇敢，有谦让和忍耐，有亲情和友情，这体现的正是阳光写作的根本要义，正如动物小说王子袁博在他的动物小说创作宣言所说："文学不仅用于书写人类社会，也用来书写自然和生命最本质的哲理。而动物小说是用作者的体验去审视人类之外的其他生命的一扇窗口。在我的动物小说中，我试图去书写一段生命的历史，写下一个种群在自然变迁的历史背景中的生命际遇。"

现就读于深圳科学高中的高二学生王艺博，初中就读于深圳实验学校，在深圳那场要经过六轮现场写作的马拉

005

松式作文竞赛中，他每场现场写作都写的是科幻小说，最终夺得季军（初中第一名）。世界最优秀的科幻小说和科学漫画伴随了这位腼腆少年的小学和中学时代，他似乎不太习惯与人打交道，也许，他更喜欢与外星人打交道吧。在《控脑游戏》这部令人脑洞大开的科幻小说中，主人公东方明和马清云作为正义力量的代表，战胜了邪恶力量，夺回了科学家脑电波的控制权，从而拯救了人类。艺博的父亲是一位博士，也是孩子科幻小说第一个读者，艺博的父亲要求的是硬科幻，是建立在一定科学原理基础之上的幻想文学。为此，他还带着艺博到华大基因实地考察采访。《控脑游戏》就是这样一部具有创意写作某些特质的作品。

动物小说和科幻小说，这两种文体对作者的自然与人文科学知识储备要求更高。我们非常高兴地看到，走进读者视野的这两位深圳男孩，一个是动物行为学的爱好者，一个是生物科学、机器人的痴迷者，都立志成为学者。也许《狼啸》和《控脑游戏》文笔尚且稚嫩，甚至还带有某种模仿的痕迹，这些都不打紧，人生的路还很长，写作的路还很长，每一个文学少年的未来都有无限的可能性。

深圳青春文学精品工程的未来十年也有着无限的可能性。我们将更多地引入专家团队、扶持文学社团、孵化优秀作品、聚合出版资源、设立专项扶持，让每一个爱好写作的孩子都有实现梦想的机会。

新的十年，新的期待。愿《狼啸》和《控脑游戏》能为我们开个好头。

是为序。

2017年7月15日

（作者系深圳市学生文联秘书长，

著名阅读与写作推广人）

目　录

一、游戏的开始

2136 年 9 月 16 日，地球……

"地球已到站，请有需要的乘客下车。"东方明睁开了眼睛。今年，星球客车已经开通了 32 个站点，地球的存在感已经弱化，基本没多少人回到也没多少人记得他们的这个母星。然而东方明他不会忘。每年，他都会回到这个科技水平暂时最低的星球，感受一下已经再次充满了原始森林的母星。

东方明随着少数人流下了车，刚走了几步路就不小心碰到了一个人,那人手上拿的文件掉到了地上。东方明充满歉意地捡起了文件,递给那个二三十岁的人。未等东方明说出任何道歉的话,那人就抱着文件匆匆离开了。

东方明耸了耸肩,之后便展开折叠式"零摩擦自行车"。顾名思义,这辆自行车因为新突破的地球磁场悬浮科技(简称地磁)可以悬浮在半空中,这样子的话摩擦力将会减小到一个基本的临界值,脚蹬上去可以自由地控制悬浮在空中的位置及速度大小等等。

他骑了上去,蹬了几脚,周围的景象飞速倒退,很快他便到了自己的庄园旁。

在地球上,地价已经相当低,一百平方米仅需十万人民币就可以买到,所以有一个庄园是非常正常的。但是此时,他皱起了眉,因为他明显感觉到自己的这个庄园变得有些不一样了。想了想,保险起见,他还是点开了多功能手表中连接着这个庄园摄像头的三维画面,发现只是在房子里客厅的桌上多了一张卡而已。

拉近画面,发现这是一个类似于名片一样的卡片,上面写着：13426394764。东方明的警惕心立即松了一半，可随后又提了起来：这是谁放这儿的？东方明站在庄园门口，突然感觉这里是如此陌生。他赶紧查看监控记录，发现它是在十分钟前突然出现在了那里，完全没有任何征兆，而那时却正好是东方明下车的时候。

他犹豫了一下，走了进去。

他走到客厅，拿起了那张卡片，这上面的数字似乎是电话号码。忽然，东方明想到有一种电波可以扭曲监控的视线，也就达到了所谓的"隐身"。重点是它是怎么进来的，东方明查遍了所有监控，发现这张卡片确实像是凭空出现在这里的，连一丝痕迹都没有找到。东方明原本以为来人自己随身带了一个扭曲电波，但是似乎连窗户都没有开过。

东方明揉了揉发疼的太阳穴，再次看向卡片上的那一串数字：13426394764。他又把卡片翻了个面，看到的是一个三角形套在一个圆里面的符号。东方明感觉这似曾相识，忽然一拍脑袋，忙跑上二楼，拉开抽屉，取出其中的一张纸，上面有很多符号，每个符号旁都有注记。这一张记着一个比较偏门的文明所用过的文字，当时东方明看到这个文明瞬间就激起了兴趣，于是把关于这个文明的资料基本都收集了过来，这张纸上的符号似乎就是关于那个文明的文字。

当东方明翻到第三页的时候，看到了这个符号的注记：小心。

东方明知道，既然这是个基本没什么人研究的文明，那么这个放名片的人肯定是对他比较熟悉，要不然也不会用这个文明的文字了，而且这肯定是不想让别人知道的。

就在东方明略微震惊且疑惑的同时，听到了一个冰冷的提示声音："你通过试炼关卡，评分 6.8 分。等级：A。资金：0。备注：获得参加游戏资格。"

东方明睁开眼睛，发现自己还在星球客车上，他揉了揉太阳穴，原来刚刚是在做梦啊，多久没做过噩梦了？

他叹了口气，把手垂下去，忽然感觉自己的手碰到了一个什么东西，拿起来才发现是一张折叠的纸。把纸展开，内容如下：恭喜您获得游戏资格，本游戏专门为缺少资金的科学家打造，通过了测试即可进入。规则：1. 不可在游戏过程中击杀玩家。2. 玩家在游戏中死亡即为在现实中死亡。3. 玩家在现实生活中意外死亡，其家属会获得巨额赔偿金，视通关数而定。4. 获取资金的方式不可告诉家人，否则死亡。5. 每局游戏相隔 24 小时到 48 小时。6. 游戏中时间一天为现实一秒，可以放心游玩。

东方明看完时才惊觉自己已经出了一身冷汗，一种巨大的恐惧感瞬间笼罩了他。

他揉了揉太阳穴，再看向这个纸条，心想：看样子这个游戏是强制性的。每局游戏相隔 24 小时到 48 小时，到了这个时间就会被强制进入游戏，不过第六条还行，因为需要很多时间做实验，想必进入游戏相当于是进入沉睡状态，这才会令时间感觉一天为实际一秒……

接着东方明又想起一件事：沉睡状态有两种，第一种是自然睡着，第二种是遇到危险时的自动休眠，也就是所谓的昏迷。然而这个游戏肯定不是自然睡着，那就应该是自动休眠了。那么，会有什么危险？他又怀疑这游戏并不是真的，是有人开玩笑。他心烦意乱地想着，一时难以厘清头绪。

东方明觉得这整件事情扑朔迷离，这张纸是几时又是怎样跑到自己手上的，自己又是怎么通过试炼关卡的？而且怎么进入游戏的？这些他都不清楚，东方明揉了揉发疼的太阳穴。

这时，星球客车上响起提示："地球已到站，请有需要的乘客下车。" 东方明坐着定了定神，让自己冷静了一下，然后背上随身带的背包，走下了车。这才想起来自己根本没有零摩擦自行车，他嫌这个厂家太做作了，以现在的科技而言，根本不可能出现绝对的"零摩擦"，怎么可以打出零摩擦的招牌呢？

他深吸口气，再望向面前的这座庄园，笑了。

这才是自己的庄园啊！

东方明刚走进别墅就软倒在沙发上，刚才的那段时间，东方明感觉像过去了一个世纪，似乎整个事件才露出冰山一角，但是，会发生什么事呢？

东方明揉了揉太阳穴，走向了实验室，他是一个学得比较杂乱的人，所以一天中有很多实验做，但这次他就只把该观察的观察了，其他事情一件没做，一天都心不在焉，不知道该做什么，在做什么。

那一天，他失眠了，第二天早上，他听到一个冰冷的声音："十分钟后进入游戏。"恐惧感再次袭来。

"五分钟后进入游戏。"提示音再次响起，深吸口气，等待着进入，东方明也不太清楚为什么他能听到这个声音，有可能是耳朵或脑电波被改变了……但谁知道呢？这基本无法做到啊。

"进入游戏。"冰冷的提示音最后一次响起，东方明只觉眼前一黑，还没弄明白是怎么回事，就睁开了眼，忽然感觉到一阵眩晕，捂住嘴努力不让自己吐出来，干呕了一阵。好不容易适应了，才发现自己现在是处于失重状态，环顾四周，这里似乎是一个空间站，一个略显老旧的空间站。东方明暗骂一声：幸亏自己适应能力好，要不然现在岂不是直接吐出来了？无重力的适应会那么容易？

这时，冰冷的提示音再次响起："欢迎进入游戏，再次说明一下游戏规则。1. 不可以在游戏中杀人，一经发现立即处死。2. 在游戏中死亡即为在现实中死亡，所以各位千万不要以为这只是个游戏。3. 假如各位在现实中意外死亡，你们的家人将会获得巨额赔偿金，每过一关将会多出100万人民币。4. 本游戏不可告诉任何人，可以编造因本游戏获得资金的理由，不可以说出游戏，否则处死。5. 每局游戏间隔24到48个小时，请大家安排好时间。本游戏分三种方式：团队竞技、个人竞技以及寻找合作。团队竞技：分为几队比拼解谜速度，第一个成功解谜的队伍会获得奖金。个人竞技：单人相互比拼，第一个成功解谜的人会获得奖金。寻找合作：将会给每个人一个解谜条件，同时限定时间，所有人需要一起寻找，找到则可以分享条件，解出则所有合作者都可获得奖金。"

东方明皱了皱眉，忽然再次听到提示音："本次游戏为寻找合作，请找出本空间站的研究对象，限时5小时。"

顿了一会儿，提示音继续说："您的提示为，女娲补天。"东方明听完，没有着急寻找，先往四周看了看，自己的脚下是白色的板，上方是黄色的板，上下两边都有扶手。东方明发现自己待的地方就是一个小正方体，似乎没有办法出去，周围也没有窗户，这一眼就可以完全看清楚，空气中除了飘着几张纸和一支笔以外，再没有什么其他的东西了。东方明再看向四面的墙，发现四面墙上都有一个按钮，每个按钮都是那种警报式的，上面都有英文字母，四面墙上分别写的是：OGDNEARUS，ORCRETC，ORCIRENTC，ON。

　　东方明看到 ON，明白这里可能是可以打开的，正准备按下去，忽然愣了愣，把手拿开了：为什么其他的都看不懂，就这个能看明白？

　　如果这是一个谜题的话，出题人应该不会出这么低级的题目，那唯一可以解释的就是，这个其实是错的！而假如这个是错的，尝试把这个顺序颠倒一下就是 NO，也就是说这个谜题实际上只是把英文单词给调换一下顺序。东方明取来了纸，用小写把字母抄了一遍，小写比大写好认：

ogdnearus，orcretc，orcirentc，on。在抄写过程中，东方明又发现，第三个单词比第二个单词只多了 i 和 n 这两个字母。

大部分单词把 in 加到最前面基本就是意思的转折，比如说 inevitable 和 evitable 就是两个意思相反的词，也就是说，第二个单词是 XX，第三个单词是 XX 的反义词。东方明最后重点拼这两个单词，终于出来了，第二个单词：correct（正确的）。

东方明按下了 ORCRETC 下方的按钮，只听"哧——"一声，墙壁上的一块顿时扁了下去，然后向右移动，出现了一个门。他发现中间充满了高压气，假如把高压气放掉，门就可以打开了；假如不放气的话这个门就会像墙壁一样，看不出来。不过似乎这个高压气很容易就会被冲出来啊，现实中的空间站会这样吗？东方明想着走了出去，不一会儿，发现一共有三个岔路，也就是说这里实际上是一个十字路口。当东方明选了一条道走时，又出现了三个岔路，东方明看着一眼望不到尽头的路，陷入了沉思……

　　"诶，东方明？"东方明愣了一下，转头望去，只见一个人飘浮在那里。东方明疑惑，当他看到那人的脸时，惊喜地叫了出来："马清云！你也来了！"马清云以前曾和东方明合作过基因密码研究。

　　马清云苦笑道："是啊，你也被加入进来了？"东方明点点头，抬头望着黄色的天花板，说道："它给你的提示是什么？"马清云看看身后，说道："宇宙中最黑的角落。"

　　东方明皱了下眉，说道："它给我的提示是女娲补天。""所以说，有什么头绪吗？"马清云挠了挠头，问道。

　　东方明沉思了一会儿，飘到了天花板上抓住扶手，说道："现在我只知道这个游戏可能是让一批科学家来玩现实模拟游戏，但是不知道它的目的。"马清云接道："而且单是这财力就不是一般人可以有的。"东方明愣了一下，对啊！他的眉头锁得愈发紧了。

　　"东方明？东方明？"东方明回过神来，发现马清云正看着他，马清云奇怪地问道："东方明，你怎么了？"

东方明笑了一下，说道："我没事，只是想起了一些事而已。对了，你进这个游戏的初始任务是什么？"

马清云沉默了一会儿，似乎是在组织语言，然后说道："我之前是在睡觉，醒来的时候就发现自己在一个笼子里面，面前有一道题，前面有一个炸弹，炸弹上面有一个停止按钮，但是我碰不到它。后来我解开了那道题，笼子自然就打开了，之后按到了停止键，然后就听到声音说什么试炼关卡，评分 9.0，等级 A⁺，然后备注说什么我获得了游戏资格。对了，你呢？"

东方明正准备说，马清云却突然挥手叫他停止，他看了看手表，对东方明说："算了，我们就只有 5 个小时，省着点用，走吧，我们四处去看看能不能找到其他人或者什么线索。"东方明点点头，很多时候马清云都很靠得住，比如说自己就没想到要戴手表。以前两个人组过一个组合，东方明设计大体路线，马清云注意细节，在学术界小有名气。

走了一会儿，前面还是看不到头，而且也不知道经过了多少个岔路口了。东方明此时已经有点烦躁了，拎起拳头就要砸向墙，马清云赶忙抓住了他的手，说道："别打，要是你打穿了这个板，空气会泄漏的，我们都有危险。"东方明深吸口气，忽然马清云问道："那个按钮是什么？"东方明看过去，发现有一个白色的按钮，因为和墙壁的颜色一样，而且周围又有很多仪器，所以才会没那么引人注意。

东方明与马清云对视一眼，随后东方明走了上去，按下了那个白色的按钮。忽然，周围的仪器全部开始了运作。东方明吓了一跳，马清云飘着过来，两位都多少了解一些空间站的知识，所以现在想的就是如何关闭这些仪器。

就在这时，他们两个听到一个声音："等等！"他们两个转过头去，看到一个中等身材的人正急速飘过来，"等等，先别动，现在这种情况肯定是游戏安排的，我们先看看究竟会发生什么。"

东方明与马清云点了点头，这时，他们听到一个声音："计算量太大，崩盘，资料错误，模拟失败，请稍后重试。"

随后，一切又归于平静，马清云挠了挠头："所以说，现在怎么办？"东方明沉思了一会儿，说道："既然这里显示的是模拟失败，那么就说明是我们驾驭不了的东西，可……我们有什么东西驾驭不了……对了，你是谁？"最后一句话是对着那个中等身材、30岁左右的人说的。那个人说道："我姓吴，名浩泽，已经过10场游戏，我的提示是终结，你们的提示是什么？""女娲补天。""我的是'宇宙中最黑的角落'。"

吴浩泽又说道："看你们两个都是新来的吧？我可以告诉你们，这个游戏每一层剧情都是会相连的。"两个人点头。

吴浩泽说着，从口袋中拿出了纸和笔，在上面把三个提示都写了出来，然后说："看这三个，你们能想到什么？""会不会是排顺序？"马清云脱口而出。

吴浩泽看着这三个提示想了想，摇了摇头："不太可能……还有吗？""你忘写了一点。"东方明说道，"刚才我们启动仪器，但提示说模拟失败，也就是说是我们驾驭不了的东西啊。"

　　吴浩泽略微一错愕，然后点了点头，把驾驭不了也写了上去，东方明把那张纸接过来，看着上面的四行字说道："终结，女娲补天，宇宙中最黑的角落，驾驭不了……我觉得其他三个都是可以解读的，毕竟都很简单，但我的女娲补天是一个成语……谁帮我回顾一下那个故事？我看一下我哪里记错了。"

　　吴浩泽说："就是讲地球有灾难，天上破了个洞，然后女娲用七色石填补了那个洞。"东方明沉思了一会儿，然后笑了，胸有成竹地说："我知道了。"说的同时忘记这是失重状态，高兴地蹦了起来，结果重重地撞到了上方。忽然，东方明感觉到了一股强大的吸力从上方传来，心瞬间就凉了下来，老旧空间站的壁上被撞破了一个洞，东方明整个人被吸了进去。"东方明！"马清云大喊，随后，他也感觉到了那股吸力，瞬间就被带了过去，吴浩泽在被吸过去的瞬间抓住了扶手，然后用另一只手抓住了马清云的脚，结果整个人被拖动了一大段，脚踩住扶手与这个空间站的连接处才不至于被吸进去。你不经历永远不知道这吸力有多大。马清云在赞叹吴浩泽臂力的同时，看向东方明，接着他发现这个空间站极大，空间都是网格状分布的。

此时东方明撞到了一个网格的交叉口，而且旁边正好有门，东方明此时正试图打开空间站的门，他体内的空气正在膨胀，如果不能很快打开这个门的话，东方明就会体爆而亡。

马清云回头看向舱内，忽然，一个东西砸向他，他只觉吴浩泽在他腿上的力道改了个方向，险而又险地避开了。忽然，他灵光一闪，思考了几秒，然后顶着空气的压力，向吴浩泽说道："把我甩出去！"说完这几个字，他就觉得自己快要窒息了。

"啊？"吴浩泽怀疑自己的耳朵听错了，"把我甩出去，快！"吴浩泽疑惑地看着马清云，马清云又一次大喊："快！"吴浩泽犹豫了一下，点了点头，然后手臂上一发力，马清云只觉得空气的压力消失了，然后就感觉到了一股强烈的窒息感，马清云转过身去冲向东方明旁边的门，成败在此一举。

没有任何声音，马清云只觉得自己肠子都要被撞出来了，可随后就发现无空气的窒息感消失了，取而代之的是空气压强太大产生的窒息感。

马清云强行睁开了眼，发现东方明一只手抓着他的手臂，另一只手抓着刚撞出来的缺口。马清云不知道是不是自己的错觉，他用自己早已被冲击得只能看到黑白颜色的眼睛，看到了球状的液体正从东方明抓着缺口的手上冲出来，然后就什么也不知道了。

东方明原本以为自己要死在这里了，忽然，他看到马清云急速飞了过来。他一愣，才明白马清云这是要用自己的冲击力冲开这道门，随后看到了马清云撞到了门上，把门冲开了。

东方明瞬间想起门的打开原理，中间充了高压气，只要把高压气冲出一点，其余的就会奔涌而出，这样的话就可以打开门了。东方明赶紧过去抓住那个门边，顶着空气的阻力，随后看到了被空气冲出来的马清云，用左手抓住了他，右手抓住了门边，右手因为压强太大而溢出了血。就在东方明感觉自己要支撑不住的时候，他忽然看到一个身影往这边冲过来，冲进了门内。然后只见吴浩泽从里面伸出一只手抓住了东方明的胳膊，把他扯了进去，东方明这才发现吴浩泽正一只手抓着扶手，不禁感叹扶手真是个好东西。

吴浩泽看他迟迟未动，有些着急，说："快说出你的答案啊！"东方明一愣，随后大喊道："黑洞！"接着，所有的不适都消失了，只听到了一个提示声音："正式关卡1，团队合作：9.8。单人功绩：5.3。等级：B。资金：100000。备注：无。"

东方明睁开了眼，发现自己从游戏中出来了，还躺在床上，嘴角微微一笑，终于出来了呢。忽然，他听到手机响了，摸索着拿到手机，发现是马清云打过来的，立即拿起来接听。"喂？东方明吗？""嗯，是我。""你想的答案是什么？是对的吗？""嗯，是对的，答案是黑洞。""为什么啊？""因为首先是我们驾驭不了，这个黑洞我们是肯定驾驭不了的；还有就是'终结'，黑洞不是会终结我们吗；我的'女娲补天'上面也提到了一个洞，不过却是从洞里排出水，但这是黑洞死亡之后的形态，被称为白洞，黑洞是吸入一些东西，白洞是吐出一些东西；还有就是你的'宇宙中最黑的角落'，宇宙有没有角落我不知道，但我知道连光都逃不过黑洞的引力，这肯定就是最黑的了。所以，综上所述，这个空间站研究的课题便是'黑洞'。"

"这怎么像反推啊？""我这不是知道了答案之后的叙述嘛。""好吧，对了，你认识那个吴浩泽吗？""不认识……要不我们上网去查查？""你确定会在网上查到吗？""你看我们两个也算是比较有名了，这个游戏可能是为现实做贡献，发掘有潜力的科学家的。""嗯好，我查查，一会儿给你答复，拜。""嗯，拜拜。"

挂断了电话，东方明也开始了一天的工作及实验。

过了一会儿，电话响了，是马清云打来的。东方明这个时候还没有把手机调成静音就是为了等马清云的电话。

"喂？马清云，怎么样？""我告诉你，我们不认识他简直是大过！"

"啊？怎么了？""他是上届诺贝尔物理学奖获得者！""这……你确定？""网上有他资料和照片，他得奖的原因是发现时间是量子化的，可有个人就是在网上炒作说吴浩泽盗窃了他的科研成果，你说怎么可能？""嗯，那个人也太不要脸了。哦，对了，那个人是谁？""就是那个曾在学术界引起轩然大波的曾志康啊。""啊？他不是一向为人很正直的吗？为什么也会做这种勾当？""那……我不知道，后来曾志康也当众道了歉，同时宣布退出了物理界，这件事情也算完了。""这些我居然都不知道，怪不得我说为什么现在联系不上他了……算了，我要去做实验了，先不说了，拜拜。""嗯，拜。"东方明挂断了电话，把手机调成了静音，继续做他的实验。

当东方明工作完，拿起手机看未接电话的时候，看到了一串号码，整个人瞬间就呆住了：13426394764。这串号码在试炼关卡中出现过！

　　东方明想起了那个纸条，整个人都在颤抖，他深吸了口气，按下了回拨键。"喂？"听到对面那沉着冷静的声音，总觉得好像在哪里听到过，东方明缓缓地吐了口气，说："请问，是你打我电话吗？""啊，原来是东方先生啊，我是吴浩泽，就是在游戏中的那个。""哦，是你啊，吴先生，找我有什么事啊？"东方明松了口气，上届诺贝尔奖评委会似乎会给获奖者这个领域内所有比较有名的人的电话，所以吴浩泽知道自己电话还真不奇怪，那个纸条看来是系统知道他的电话就写上了。

　　"没事，就是有你电话想确认一下而已，看你没接就算了。""哦，没事啊……"东方明有些失望，好不容易有个能向一位诺贝尔奖获得者问问题的机会，怎么能失去？于是他问道："对了，为什么你会认为时间是量子化的？"吴浩泽沉默了一会儿，说道："这很正常啊，因为相对论中假设的一个条件就是时间是量子化的，我只是证明了时间的形态而已。"

　　东方明又问道："那你认为相对论成立吗？"吴

浩泽说："我认为相对论是成立的，因为既然已经有了时间是量子化的基础了，接下来想要证明就非常容易了。""哦……"东方明没词了，暗骂为什么自己不多准备点问题。

"那没什么事先挂了啊，最近有点事情。"吴浩泽说道。"嗯，那好吧，拜拜。"东方明失望地挂断了电话。

二、丛林游戏（上）

　　突然，电话铃又响了，这是马清云打来的，东方明接听，听出马清云有点急切："你知道吴浩泽吗？""啊？"东方明有点摸不到头绪，"认识啊，不是……""那你知道曾志康吗？"马清云打断东方明的话，东方明只得接道："嗯，知道……怎么了？"

　　"没事……就是想问问，因为为了确定你不知道曾志康的事而已，毕竟刚刚说了曾志康的事情，我先挂了，拜拜。"听到电话挂断的声音，马清云知道东方明可能听不懂，

二、丛林游戏（上）

可是他能帮的就这么多了，而且……听懂了也不一定好。

东方明皱着眉，马清云的电话实在是太莫名其妙了，不知他为何会给自己打一个这样的电话，他明白马清云不会无缘无故这么无聊，但是却理不清任何头绪。过了好一会儿，他猛然想到，也许是马清云根本不方便在电话里说什么，所以应该去找马清云当面问个明白。

想到这，东方明随手抓起一些生活必需品走出了门，打开一个瓶子，从瓶子里面倒了一颗药到嘴里。每个星球的重力都会不一样，就像这个诺海星球的重力就是地球重力的二分之一一样，所以想要到其他星球的话就必须先含一片"适应片"才行。

东方明打了个电话，预订了星球客车，赶到星际站台。现在的国家大小已经不是看在一个星球上有多少领土，而是看国家拥有多少个星球，以此确定国家的强弱。在站台休息了一分钟，就到了上车时间，他跑向客车，上车后才终于松了口气。为了赶紧弄明白马清云到底是在说什么，东方明买了最快的一班车。十小时后……"诺海星已到站，请有需要的乘客下车。"东方明睁开了眼，伸了个懒腰，拿好行李下车。

诺海星球重力仅为地球上的二分之一，因为海洋占全球的百分之九十而得名，这里最先建设的小区就是诺海小区，分为楼房区和别墅区。 东方明叫了个零摩擦出租车，这和零摩擦自行车厂商是一个公司的。 东方明报出了马清云的住址，司机微微一愣转过头看向东方明，双方看到对方的脸都愣住了，同时喊出了对方的名字。"东方明！""曾志康！"是的，这个司机就是当时依靠两极排斥性制造出可以长期使用的电力这一发明，从而风光一时，再由抄袭案被推向风口浪尖的曾某，曾志康！

曾志康看到东方明不禁苦笑，说道："我原本以为马清云知道我就已经够丢人了，没想到又多了一个。东方明，你可千万别说出去我在开出租车啊。"东方明笑道："好，我不说出去，看来你退出了学术界也不闲着啊，还在这里做司机？"曾志康叹了口气，说道："没办法啊，我这条命也就这样了，做做司机养养老，就这样过完一辈子吧。"

东方明收起了笑容，有些感触，沉默了。曾志康发动了车子，不过没打开计费器。过了一会儿，东方明问道："为什么你要说吴浩泽的时间量子化的成果是盗窃你的？"曾志康身体明显一僵，车与旁边的车擦肩而过，说道："没事，就只是……看那个功绩很大，就想、想、想占为己有……"最后的声音基本听不见了，东方明看着曾志康，莫名觉得这时的他有点假，这时曾志康问："对了，现在你过得怎么样？还好不？"

　　东方明愣了一下，说道："还可以吧，不就是那样活着？随便打打零工，赚些外快，然后就回家搞搞实验呗。"曾志康无奈地笑道："你还是老样子啊，还没依附任何一个公司？"东方明笑道："是啊，那是肯定。"曾志康说："你这样折腾自己何必呢，依附一个实验公司就行了呗，还可以获得资金呢。"东方明道："我不希望我的自由被其他人掌管。"东方明想起了自己以前，在各个地方都被别人冷落，处处不得志，后来才产生现在的这种思想。

　　"呵，果然，你这个理由我都听多少遍了，嗯，到了。"

曾志康停下了车，指了指面前的海梦阁，"这就是马清云的别墅了，你看看人家都买别墅了，你还只能在一个六十平米的房子里面蜗居。"东方明苦笑道："可是，我在地球上不是有一个庄园吗……""地球上那价格多低啊。"曾志康有点哭笑不得，"算了，不跟你争了，你下车吧，我也要去拉客了。"东方明谢谢曾志康没收钱，下车走向别墅，按响了门铃。

"十分钟后进入游戏。"东方明一愣，眼神变得怪异了，赶巧不巧正好是这时候要进入游戏？他又按了一遍门铃，对着语音记录器说道："我是东方明！"可是门后没有任何动静。"五分钟后进入游戏。"东方明苦笑，准备拿起语音记录器，忽然想起游戏时间似乎很短，又把手拿开了。

"进入游戏。"

东方明眼前一黑，睁开了眼，发现自己是在一个森林里面，周围站着五个人。大家一行六人都背着一个黑色的背包，这时，系统声音响起，"本次游戏为团队竞技，在这周围有一个湖，湖中据传有'水怪'，你们需要找到那个湖进行调研，查出水怪的真实身份。" 刚听完，站在东方明旁边的一个人就说话了："既然这次是团队竞技的话，我们都自我介绍一下吧？我叫甄逸，擅长计算机领域，已过6次游戏。""我叫东方明，擅长……化验分析，已过1次游戏。""刘天齐，擅长寻龙点穴、探穴定位，已过12次游戏。""冯浩峰，擅长搏击，曾打到星球级拳王联赛三等奖，已过2次游戏。""雨思琪，擅长生物、基因领域，已过3次游戏。""陈晓晴，擅长思维风暴，已过9次游戏。"

东方明听着介绍暗暗心惊，这些人他大部分都知道，除了刘天齐和陈晓晴。这两人明显不是和他一个领域的，刘天齐的寻龙点穴、探穴定位明显是盗墓的，陈晓晴的思维风暴估计是做创新一类的职业。

东方明越发疑惑了：这个游戏为什么聚集这样一批各行各业有才的人？

甄逸听完介绍，把背包放到地上，打开，说道："我们先看看自己背包里面有什么吧，我的背包里是，五瓶250 mL的水，两包十块装的压缩饼干，然后是，潜水工具一套，一张纸，地图一张，手电筒一个，备用电池两块，气枪一支，水果刀一把。你们的是什么？"

众人打开了背包，已经隐隐形成以甄逸为中心的行动小组，就在这时，刘天齐发话了："大家背包内大概都是一样的，重点是这个地图，是等高线地形图，我们并不知道我们的高度是多少，有些难度。"

东方明看过去，发现刘天齐正看着等高线地形图出神，便问道："你看出了什么吗？"刘天齐摇了摇头。甄逸看着等高线地形图，道："刘天齐，我们两个先确定位置，其他人原地待命。"刘天齐点了点头，随着甄逸离开了原地。雨思琪看也没什么意思，便问陈晓晴："陈晓晴，你几岁啊？"陈晓晴笑着回答："26，你呢？"雨思琪撇撇嘴，说道："23，看来我要叫你姐姐啊，晓晴姐，这个团队竞技的具体规则是什么啊？我之前3次也就是个人竞技和寻找合作而已。"陈晓晴道："其实团队竞技和个人竞技都差不多，团队竞技分为三种模式，第一种就是两队聚在一起研究一些东西；第二种是两队分开，谁先找到要调查的东西谁获胜；第三种是两队分开，但是每队中都起码有一个间谍，需要把间谍揪出来并解开谜题。"雨思琪挠了挠头，说道："我想我若遇到最后一种就干脆死了算了。"陈晓晴微微一笑，说道："这种东西就是熟能生巧而已。"

忽然，他们看到刘天齐和甄逸手上拿着气枪，一前一后跑了回来，不过眼神中满是恐惧。看到众人，甄逸喊出了声，"跑！"

甄逸话音刚落，森林中便传出了熊的咆哮声，接着，甄逸背后的树就被一双利爪刨开了，一个巨大的棕色身影冲了出来，是熊！ 棕熊速度极快，转眼便到了甄逸身后，甄逸暗道不好，转头用气枪射击了一下。棕熊吃疼，怒哮一声，熊掌拍向甄逸，甄逸弯腰，闪过，迅速转到熊的背后，跳上熊的背部，掐住它的脖子。棕熊臂短，无法够到身后，怒号一声，把背向后撞向一棵树，甄逸一愣，连忙跳下熊背，滚开。熊撞到树，没收住力，压断了树往后倒，熊咆

哮，站起身来，这时甄逸又打了一枪，喊道："跑啊！"

这时众人才反应过来，赶紧收拾一下，都开始跑。甄逸又打了一枪，再去追众人，东方明跑在最后，不一会儿就被甄逸追上了，东方明暗想，体质好欺负我是不？提速。棕熊的速度，人怎么可能跑得过？东方明只觉得背后一个庞然大物正在接近，自己却无能为力。接着，只感觉到左边传来一阵剧痛，东方明惨叫一声，撞到一棵树上，不省人事。甄逸见状，停住了脚步，大喊："冯浩峰，去救东方明！"冯浩峰却没停，向后大喊："这差事交给别人！我还想要命呢！"

甄逸暗暗叫苦，拿起气枪就对着棕熊射了过去。棕熊感受到了疼痛，转移目标，朝甄逸跑过去，甄逸一惊，连忙一闪。棕熊的手掌劈到了树上，树倒下，树干撞到棕熊的头上，棕熊怒号一声，这时棕熊似乎又被气枪打了一下，仰天咆哮。忽然，刘天齐从树上蹦了下来，左手拿着一个不知道什么时候削尖了的木棍，直接插入了棕熊的头部，右手把水果刀插进了皮带里。

　　甄逸看见棕熊倒在地上抽搐，口吐白沫，明显是活不成了，便去看东方明的伤势。这一看吃了一惊，因为东方明此时虽然头被撞伤了，但却没伤到大脑，这已经是个奇迹了！而且右手虽然粉碎性骨折，但却未伤及躯干分毫，游戏本身不会出现这种 bug，那么也就只有一种可能：游戏，或者是管理员偏向东方明！

　　甄逸皱了皱眉，替东方明简单包扎好后，决定一定要和他交好，接近管理员的机会不可多得！"嗯？"半小时后，东方明睁开了眼，首先感觉到的是右手的疼痛，接下来才是头部的疼痛，东方明看到面前的两个人，虚弱地问道："其他人呢？"甄逸苦笑道："都跑路了，就剩我们三个了。""啊？"东方明不解，甄逸把之前的事情大致地说了一遍，东方明问："对了，你们是怎么惹到那个熊的？"甄逸耸了耸肩，说道："这头熊可能当时正在找食物，所以我们过去就成了它的猎物了。"东方明点点头，挣扎着想站起来，这时，一直看着地图的刘天齐突然说道："我读懂这个等高线地形图了。"

东方明和甄逸惊奇地看着刘天齐，刘天齐道："你们发现没有，这上面只有一座山，山高 7646 米。" 甄逸拿出地图，跟东方明一起看，东方明道："没错，有什么问题吗？"刘天齐道："这个湖的水是从山顶流下来的，对吧？"东方明说："对啊，而且在山旁边。"刘天齐露出一个胜利的微笑，说道："那么找到山就可以了。"

东方明愣住了，刘天齐指向一个方向，说道："我之前爬树的时候看到了山，就在那个方向。"说完，刘天齐便收拾了一下东西，然后摆了摆手，示意东方明和甄逸过去。 甄逸点了点头，然后搀扶东方明走过去，刘天齐走前面，甄逸和东方明走后面。

大概走了一个小时，已经可以看到山脚了，刘天齐停了下来，说道："休息一下，一会儿再走吧。"东方明坐下，长出口气，这路程对一个伤员来讲已经是够多了， 东方明问："大致再走多久？"刘天齐看向山脚，想了一会儿，说道："大致再走四十分钟会到。"甄逸叹了口气，说："真不知道队伍中其他人怎么样了。"

刘天齐道："肯定是凶多吉少了，他们跑反了，我刚刚看了一下，他们的方向是往丛林深处走的，那里猛兽可能会更多。"东方明叹了口气，他虽然知道会这样，但还是很悲伤，这可是三条人命啊！休息了一会儿，甄逸扶东方明起来，说道："一会儿到目的地找帐篷，游戏里帐篷里面一般都是好东西，所以玩团队竞技先到的队伍一般都把帐篷搜刮一空。"东方明倒吸一口凉气，道："那不是假如他们先到的话，我们的东西就全没了吗？"甄逸点点头，说："没办法，这个游戏就是弱肉强食，再说了，我们队伍中有一个连熊都可以干掉的人，而且会寻龙点穴、探穴定位，难道连帐篷里的东西都顺不走？"说着，笑着看向了刘天齐，刘天齐笑了笑，道："十墓九空，顺东西恐怕我不在行，这个职业本来就不好，尽干些偷鸡摸狗的事情。"东方明道："欸，那个所谓的洛阳铲你们用不？"刘天齐没有说话，点了点头。

甄逸道："以前我们两个都是 IT 界的，后来刘天齐不满公司而辞职，那公司的'四一六'计划也因技术故障而搁浅了。告诉你也无妨，这'四一六'计划是准备将电脑与人脑对接完成模拟，营造出一种虚拟现实的感觉。"甄逸在这里顿了顿，"连接人脑，模拟现实游戏。"刘天齐忽然脸色扭曲，愤怒地回过头来，指着甄逸骂道："你根本就不明白这个计划有多危险！在这里说得那么轻松？知道人脑与电脑对接的危险在哪里吗？啊！亏你还是IT界精英，连这么浅显的道理都不懂！"

接下来大家陷入了沉默，只能听到背后的丛林中传出鸟兽的嘶鸣或嚎叫，他们三个仰头看向那高不见顶的山头。

甄逸找到在湖边的六顶帐篷，湖对面也有六顶。按了一个按钮，帐篷的门自动开了，里面还没有被翻过的痕迹，甄逸松了口气，调整好状态，说："刘天齐，你随我去检查湖对面其他的帐篷，把东西都搬过来，我们要开始行动了。东方明你在这边待命。"刘天齐经过了短暂的震怒，恢复了以往的平静，点了点头。东方明摆了摆右手，说道："嗯，你们去吧。"甄逸点了点头，示意刘天齐跟上，走了出去。接下来，东方明清点物品，甄逸和刘天齐搬东西，

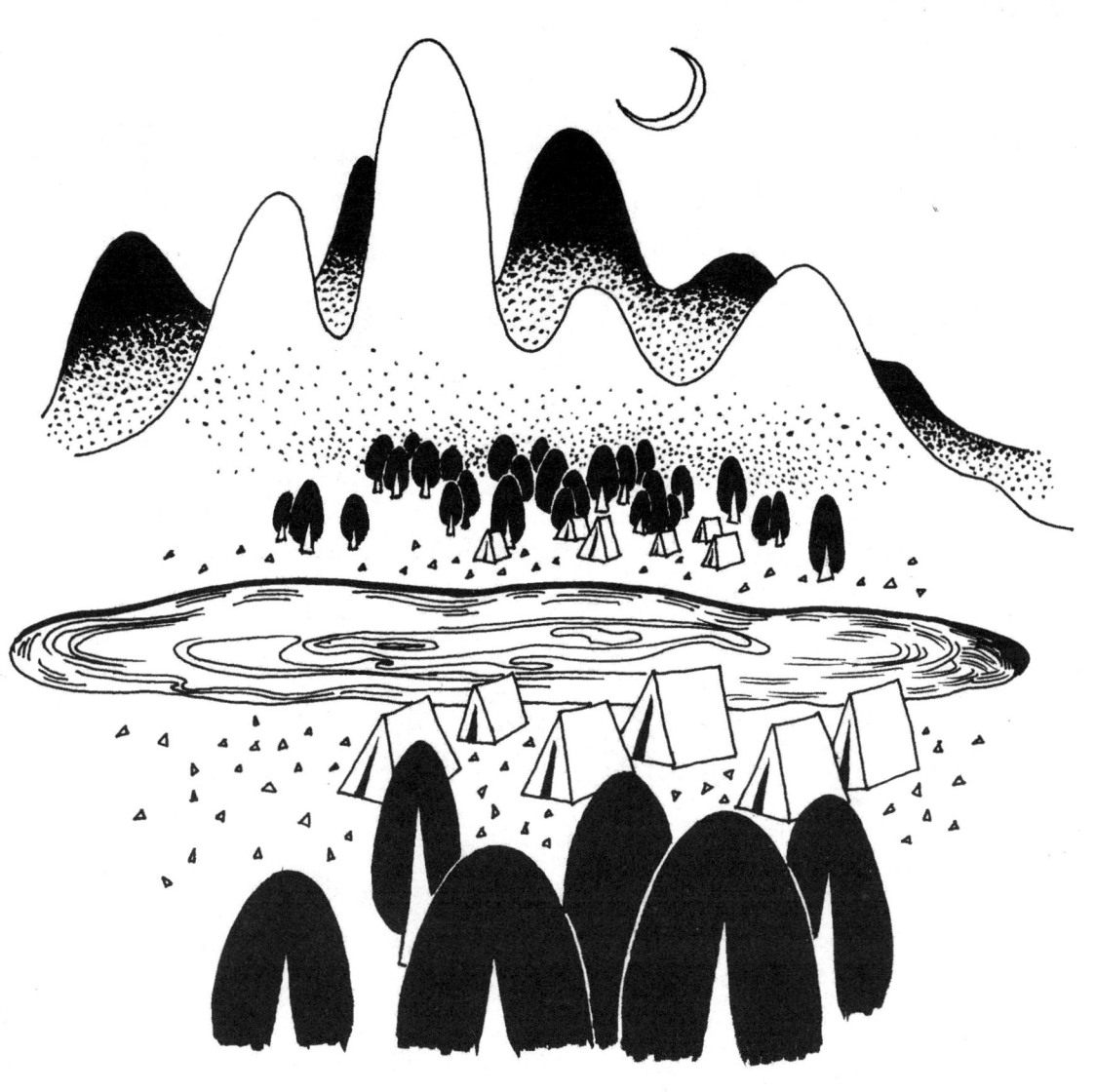

三人有条不紊地行动着，当收拾好东西时已经是傍晚了。

　　东方明用手写电子板列了个清单：捕捉绳 12 个，检测仪 2 个，麻痹枪 12 支，烧烤架 2 个，食物 1 吨，手电筒 12 个，夜视望远镜 12 个，大地图 2 张，零摩擦越野车 2 辆，生物检测仪 2 个，笔记本电脑 12 个，手写电子板 12 个，水壶 12 个，250 mL 的矿泉水 48 瓶，睡袋 12 个，物质分析装置 2 个。就在搬完东西的十分钟后，另一队也来到了湖对面。东方明三人赶紧拿起夜视望远镜，发现对方只有五个人，随后便看到对方的一个人进了帐篷，然后出来，慌张地说了些什么，接着看到其中一个人把水摔在地上。东方明微微一笑，可刘天齐和甄逸的脸色都变了，因为他们看到了其中一人的背后走出了一个女人，拍了拍他们两个，对他们说了些什么。甄逸对东方明说："对了，你是第二次参加游戏？"东方明点点头："对啊，怎么了？"甄逸道："刚走出来的这人名字叫谢林心，在游戏外是一个科研人员，不过她很会盗窃，在游戏里可以神不知鬼不觉地拿走你的东西，谁也不知道她是怎么做到的，就算你抱着的东西也不行。假如游戏里可以杀人的话，恐怕她早就杀人了。"东方明沉默了。刘天齐道："看来我们需要做好防护工作了，甄逸，画计划图吧，我去丛林里拿点东西。"

东方明问道："啊？拿什么东西？"刘天齐微微一笑："做最原始的机关的材料。"东方明不明就里。甄逸笑道："看到我们这么多装备没？拿点藤条就可以做机关了。"东方明恍然大悟，藤条可以作为线，而机关的话用线缠绕上麻痹枪就可以了，他点了点头，拿着望远镜看向对面的谢林心，皱了皱眉，他总觉得事情绝对没有那么简单。甄逸拍了拍东方明，让他不要多想，安心养伤，还说伤势是不会带到现实的，只要挺过这局游戏就行，随后朝刘天齐点了下头。刘天齐走向丛林，真正的比拼，现在才刚刚开始。

三、丛林游戏（下）

　　甄逸收起帐篷，对东方明说："既然是把东西放到帐篷里面，那么首先帐篷就不能在一个空旷的地方，可以把帐篷放丛林里。"东方明皱了皱眉："不好吧，第一是远，第二是有野兽啊。"甄逸笑道："远不是问题，有零摩擦越野车就行，而野兽的话其实更不用担心了，它们也会被挡在外面。"东方明点点头，再用望远镜看向对面，发现现在又只有五个人了，谢林心不知去向，东方明问："欸，怎么谢林心不见了？"甄逸望向对面，说："没事，我和谢林心曾经玩过一场游戏，她总是神出鬼没的，习惯就好了。"

东方明问："那你知道她是怎么盗窃的吗？"甄逸摇了摇头，道："不知道，每次都是去一个所有人看不到的地方，然后就从某个地方走出来，手上拿着东西。哦对了，每次都在晚上。"东方明道："那中间一般间隔多长时间？"甄逸道："前后间隔不过 10 分钟。"东方明道："不对啊，按照这湖的路程如果绕湖开车的话都要半小时，更何况走路了，她每次都是这么快？"甄逸愣了愣，道："我和她也就共同玩过一次游戏，这些还真不知道。"东方明暗叹了口气，线索又断了。

甄逸把东西全放一块儿，让东方明看着，随后开车把帐篷搬到了森林旁，刘天齐已经在那里了，他指着在一旁放着的一堆藤条，道："这些应该够了，这边的东西我看着，你去搬运。"甄逸点了点头道："嗯，辛苦了。"他随后开回去，来回几趟，把东西搬得七七八八了，最后开车把东方明接到森林里，才算大功告成。 刘天齐此时拿着一个手写电子板，道："嗯，一件没少。"甄逸松了口气，他可是见识过谢林心的实力的，当时他们是一组，谢林心在对手有三人守夜的情况下，拿到了对手将近一半的东西，而且是一次次拿的，重点是脸不红，气不喘，游刃有余。当然，为了不引起恐慌，这件事绝对不能说。

东方明看着只剩下一点余光的西边，道："赶紧吧，时间似乎来不及了。"甄逸点点头，在一个手写电子板上面笔走龙蛇，不一会儿，甄逸把电子板给刘天齐，道："拿着这个，一起布置。"东方明看向此时刘天齐拿着的电子板，下意识地说道："皮亚诺曲线？"甄逸惊讶地看着东方明，道："你知道？"东方明点点头，道："可是这个曲线如果要变成三维的是不是有些难度啊？"甄逸笑道："电脑能帮我们解决很多事，比如把二维图形转变成三维。"东方明道："我还是觉得行不通啊，毕竟绳子不够长啊。"

甄逸尴尬地看着绳子："好吧，那咋办？"东方明耸了耸肩，道："这不关我事，再说我也不可能会有什么好办法，你们想吧。" 甄逸叹了口气，开始和刘天齐讨论到底该怎样布置线，东方明独自站着，拿着望远镜看对面，思考着谢林心究竟是怎样行窃的。

东方明揉了揉太阳穴，确实完全没思路，最终因为困，走进帐篷，钻进睡袋里去睡觉了。甄逸看到东方明进了帐篷，对刘天齐道："我跟你说件事啊，那个东方明我觉得我们可以试着去接近他，我发现他是有管理员罩着的。"说完，便把东方明受伤的事告诉了刘天齐，刘天齐点了点头，表示自己明白了。甄逸又说："所以说现在需要的是去迎合东方明。"刘天齐道："我不会去刻意迎合某个人，当时公司的'四一六'计划我也是冒着找不到新工作的危险辞了职，你真的认为我需要去迎合某人吗？"甄逸苦笑，他还是没变，于是便问道："一起守夜？"刘天齐点了点头，两人一人先去扯藤蔓，随后另一个人开始绕着大树，缠好藤蔓，把麻痹枪的扳机也绕了一圈，只要藤蔓稍有动静枪便会射击。然而他们三个还并不知道，事情远没有想象的那么简单。

第二天，当东方明醒来时，他走出帐篷，发现四周密密麻麻的线，吃了一惊。刘天齐和甄逸两人正坐在帐篷外，看到东方明醒来，甄逸严肃地站起身来，对东方明说："我们的东西还是丢了。"东方明一惊，问："是什么？"甄逸道："48 瓶水，和 12 只水壶，全不在了。"东方明皱起了眉，道："你的意思是，谢林心已经来过了？"刘天齐点了点头，沉重地说："水是一瓶一瓶没的，就算看着也没用。"东方明惊讶道："你的意思是，你们是看着水一个个丢的？"

甄逸点头，道："现在最重要的已经不是探查了，最重要的是水。"东方明深吸口气，道："也许吧，不过湖水应该能喝……或者看一下地图，也许周围有一个村庄也说不定呢。甄逸，你去分析水质，如果有很多细菌的话那就可以用杀菌法，如果没有细菌的话以后就去那边喝水了。刘天齐，你跟我去看地图，找找看有没有地方有村落。"

甄逸点点头，把线卸下来，拿走一把麻痹枪，然后进屋里拿走了检测仪。于是，甄逸单独去湖边拿着分析仪去检测，而刘天齐和东方明则是在帐篷里摊开地图。"嗨，看来有村落的存在啊。"东方明抬起头说道，"接下来我们去湖边看看甄逸那边吧。"刘天齐摇了摇头，道："总归是得要有一个人守着帐篷的，我一个人去吧。"东方明想了想，自己现在一只手受伤了，确实挺不方便的，便点了点头。这时，帐篷外传来了车的声音，接着，甄逸打开了帐篷，惊喜地说道："重大发现！这里的水有问题！"

东方明和刘天齐都还没反应过来，甄逸把检测仪上面的一滴水滴到物质分析装置上，道："你们看。"东方明看见水里面的物质被分析出来，渐渐喜上眉梢："这不是地球原始海洋的物质吗！"甄逸点点头，道："什么也别说了，这所谓的水怪肯定是原始生物。"东方明点了点头，道："那我们走吧，到湖边去，就拿上麻痹枪和捕捉绳，生物检测仪也带上吧，还有潜水服，这一次，不成功，则成仁！"东方明坐在副驾驶位，刘天齐把东西放进车后备箱，坐车后位，甄逸坐驾驶位。系好安全带后，甄逸说道："刘天齐，一会儿你和我下水，去把那所谓的水怪揪上来，捕捉绳应该在水中可以用，到时候小心别把自己给缠绕上了。"刘天齐望着窗外，点了点头，甄逸又对东方明说："一会儿你在岸上，实在不行打麻痹枪。"东方明道："好，但是要是麻痹到你们就不关我事了，而且我觉得我们的计划中有一个变数：谢林心。"甄逸愣了一下，东方明道："我怀疑她不是亲自盗窃的。"甄逸问："她是怎么盗窃的？"东方明道："你知道时间是量子化的吗？"甄逸点了点头，刘天齐收回了目光，看向东方明，东方明继续道："时间既然是量子化的，那么我们可不可以变成时间的一部分？也就是说，将自己量子化？"

甄逸道："这和是不是亲自盗窃似乎没有多大关联吧？"甄逸加重了"亲自盗窃"这四个字，而东方明却笑了："这关联非常大，能量的传递不是连续的，而是以一个单位一个单位传递的话，那是不是只要截断吸收，就可以把一个东西瞬间转移了呢？既然衣服可以从现实中带过来，那么岂不是身上的所有东西都可以带过来了？只要自制一个量子转换吸收器就行了，我觉得不能杀人不是在限制她，而是在掩饰她。"

　　刘天齐听完，立马叫道："停车，检查后备箱！"说着，便打开车门跳了下去，甄逸紧接着刹车，刘天齐立马打开后备箱，发现里面的东西都"消失"了。甄逸大骂一声，转头看向湖对面，此时谢林心正抱着一堆东西走向他们的队伍。东方明叹了口气，这个结局他已经料到了，拍了拍甄逸的肩膀，说道："没办法，他们赢了。"他看见有人穿上了潜水服，拿上了捕捉绳，有人在岸上拿起了麻痹枪。不一会儿，对方的潜水员拖着一个巨大的东西上来了，东方明一看：fuxhianhuiid。

　　Fuxhianhuiid 是生活在 5.2 亿年前的地球生物，和东方明三人想的一样，不过这个生物也不似想象中那么巨大，可能是变异种。接下来就听到一个声音："游戏失败，正式关卡 2，团队合作：4.6 分。单人功绩：8.9 分。等级：B。资金：0。备注：无 。"

四、事故

　　东方明感觉眼前一黑，再睁开眼，发现自己还站在马清云的别墅前。东方明赶紧再按门铃，门开了，马清云站在门后，问："哦，东方明啊，怎么了？"东方明一时语塞，经历了这么多事情，过来的原因差点忘了，本想直接开口问马清云为何给自己那么莫名其妙的电话，可突然想到甄逸说的"四一六"计划，他脑袋里如电光石火一闪，难道是马清云已知道有人实现了"四一六"计划的技术？马清云在电话里不能说，难道是他的脑电波已被监控？那么，即使当面也不能说啊！想到此，东方明转口笑道："我是来你家做客的，千万要满足我这小小的愿望啊。"

马清云看着东方明有点奇怪，问道："怎么了？你从来都是无事不登三宝殿的。"东方明挤出一个笑容，道："我突然想起来还有点事，就先回去了。"马清云见状，摇了摇头，知道强逼他也没用，便说："好吧，那你下次再来吧。"说完，便关上了门。

东方明长出口气，他突然在想这个游戏的背后究竟隐藏着什么，揉了揉太阳穴，此时能够帮助他的也就甄逸和刘天齐两人，东方明打了个电话，"喂？东方先生，找我有什么事吗？"那熟悉的声音响起。

东方明道："吴先生，麻烦给我甄逸和刘天齐的电话，谢谢。""哦？要他们两个电话干什么？"吴浩泽似乎很奇怪地问道。

东方明道："也没什么事，你知道游戏吧，我就是想联系一下我上一局的队友而已。"吴浩泽道："嗯，好，我帮你看看啊……咦，我的联系册上好像没有这两个人，你确定是和我们一个领域的吗？"东方明愣了一下，对，他们两个是IT界的，吴浩泽可能不认识，东方明只得说道："好吧，那我再看看吧，谢谢，拜拜。""哈哈，不要那么见外嘛，拜拜，有什么事一定要跟我说啊。"吴浩泽说着，便挂断了电话。东方明一拳砸在零阻力出租车上，把司机吓了一跳，东方明苦笑，道："对不起啊，刚刚情绪有些激动。"司机这才继续开。到了星际站台，东方明买了票，接着坐在一个快餐厅里等候。

东方明刚买完食物，准备吃时，忽然看到有一个人正独自坐在椅子上，朝他招手。东方明先是愣了一下，随后惊喜地走过去坐下，问："曾志康，你怎么在这？"曾志康笑道："我只是刚被公司分配到其他的星球上工作而已，你知道炎龙星吧？"东方明惊喜道："那不是我居住的星球吗？"曾志康愣了一下，随后大笑着拍了拍东方明的肩膀，道："哈哈，还真是巧呢。"东方明忽然想到曾志康会不会认识这两个人，问道："喂，曾志康啊，你认不认识甄逸和刘天齐？"曾志康道："哦，印象中好像有，我看看啊……"说着，掏出了手机，翻了几下，道，"哦，在这儿，甄逸的电话是 13723634751，然后刘天齐的电话是 13527839019。"

东方明明显愣住了，良久，问道："你，你怎么会知道的……"曾志康笑道："我们做司机的啊，其实是人际圈最广的，感觉聊得来的就互留个电话什么的，挺好，而且他们两个似乎也住在炎龙星啊。"忽然，东方明看到曾志康消失了一下，东方明眨了下眼睛，曾志康又出现了，东方明惊异地看着曾志康，曾志康笑道："怎么了？突然一下不认识我了？"东方明深吸口气，问道："你，是不是也加入游戏了？"曾志康笑道："什么游戏啊？"东方明道："真人，虚拟，实境，游戏，24 小时到 48 小时之内进入游戏。"曾志康的笑容瞬间凝固了，东方明看到，心中更加笃信曾志康也在游戏里面，他微微一笑，道："我也是在游戏里的人啊。"曾志康忽然起身道："对不起，我有点不舒服，明天再聊吧。"说着便要走，东方明赶紧抓住了曾志康的手，道："发生了什么？你似乎很抗拒这个游戏啊？" 曾志康停在那里。

良久之后，曾志康扭头，叹了口气，道："我该上客车了。"随后甩掉东方明的手，走了。东方明站在那里，良久，嘴角流露出一丝苦笑，摇着头走到座位上继续吃，等着时间流逝。到点了，东方明站起来，用纸巾抹了抹嘴之后，走到站台上，进入星际客车，坐下，突然，他发现身旁坐着的人似曾相识，东方明笑了，道："谢林心，你可知道我们输了？"谢林心抬头，问道："你是游戏里的人？"东方明点了点头，刚想说话，谢林心就道："哦，游戏本来就分为赢或输，何必在乎那么多呢？"东方明道："可是，你却作弊了，如果我没猜错的话，你使用了量子转换吸收器，对吧。"

谢林心道："对啊，那又怎样？游戏有说不可以吗？"东方明愣住了，确实没说不可以啊，这么说的话也不算作弊，东方明只得苦笑道："可是其他人都没用啊，你这不是……"谢林心道："我怎么？我这只是在巧妙地利用游戏规则而已。"东方明皱了皱眉，他惊奇地发现谢林心没想象中的那么简单，叹了口气，坐在自己的座位上，眼睛微眯，闭目养神。

"炎龙星已到站，请有需要的乘客下车。"东方明睁开了眼睛，发现坐在一旁的谢林心正闭着眼睛揉着太阳穴，东方明起身离开，下了站台，打了个电话给甄逸。"喂？""还记得我是谁不？""你是……""真的不记得了？""你有病啊骗子。""……我是东方明……""啊，哦，东方兄啊，对不起啊，我最近老是收到诈骗电话……""哈哈，没事，我就是想问你……你知道刘天齐他在游戏里说的事吧？"东方明的语调变严肃了，甄逸沉默了一会儿，道："嗯，你现在在哪个星球？""炎龙星。""那正好，我也在这个星球，去龙陵路8号，56楼D……要不我去接你？""额，不用了，我过去就行。""哦，好。"东方明挂断了电话，打了个出租车就往龙陵路赶。

到了56楼，找到了D号房，按了门铃。甄逸打开了门，欣喜道："东方兄啊，快请进。"东方明走进去，甄逸倒了两杯水，放在茶几上，伸手道："来，请坐。"东方明坐下后，甄逸也紧接着坐下，东方明道："所以说，你也明白了人脑与电脑对接的恐怖吗？"

甄逸点点头，道："其实我觉得，这应该不太可能吧，毕竟人数那么多……"东方明道："不，假如说它，暂时假设为，这个游戏真的只是为了让各行各业有才能的人通过游戏通关来获得钱财资助，但是完全没必要这样啊，直接让大家申请资助岂不是更好，所以……"甄逸道："不是的，你看我们现在不是平安无事么？我觉得，假如说真的可以那样的话，我们现在早就死了。"东方明道："不，它的目的既然是那样，我们现在只要不说出来，只要不点名那件事，它就可以继续，你现在敢把那件事说出来吗？"

甄逸沉默了一会儿，道："那样的话，我们就不开发产品，不做实验不就完了？"刚说完，甄逸突然感觉到心脏一阵绞痛，瞪大眼睛，捂着胸口，从座位上倒下来。这种感觉就像是心脏没有任何阻挡，被一个人用力挤着，同时感官放大一万倍。甄逸死命拽着沙发，东方明一惊，立即抓起桌面上的电话就要打急救。就在这时，甄逸身上的

四、事故

症状突然消失了，甄逸摆了摆手，道："别打了，我知道了。"东方明一愣，随后苦笑着放下了电话，道："你现在知道了吧，话说你刚刚怎么了？""心绞痛。"甄逸心有余悸地说道："好吧，我信了。"甄逸站起来，道："那，好吧，这样的话我们怎么办？"

东方明沉默了，因为他看到的未来一片黑暗，他叹了口气，随后道："那就什么也不干，该咋办咋办吧。"甄逸道："你，是不是和管理员很熟？"东方明转过头来，疑惑地问道："啊？什么管理员？"甄逸愣住了，问："哈？你不是认识管理员吗？"东方明苦笑道："我哪认识什么管理员啊，管理员是什么？"甄逸耸了耸肩，道："好吧，没事。"嘴上说着，甄逸已经不准备迎合东方明了。东方明离开了甄逸家，甄逸说完"再见"便关上了门。甄逸深吸口气，泡了杯茶坐在电脑边进行着未完成的工作。

东方明眉头蓦然舒展，原来甄逸是以为自己和管理员很熟啊，怪不得会这么重视自己，而现在听到了自己和那什么管理员根本没关系，所以就开始不在意了。 东方明笑了笑，原来如此，就说怎么会有人没事就大献殷勤，原来是这样啊，想着，便下了楼。

刘天齐独自在家里，窗帘全部都拉上了。此时，刘天齐正把一个U盘状的东西插进了电脑里，看着电脑屏，上面有一个条形码，忽然弹出了一个窗口：已载入游戏80%，刘天齐微微皱眉，还是这样啊。

曾志康到了出租车公司，报完到后，到了宿舍里，放下行李，拿出了一个本子，上面密密麻麻地写着一大堆名字，曾志康在十一个名字上画了圈，打上了记号："管理员？"

马清云在玩游戏，手在身前虚抓了几下，原本在身前散着的一些零件在他灵活的手中变成了一个量子加速器，装到了马达里面。他对着周围的队友说："启动吧。"

谢林心坐在窗台上，看着窗外景色出神，忽然看向手表：时间，要到了吧？

吴浩泽在林荫道上走着，忽然皱了皱眉，抬头望着天，天上一颗蓝色的行星正在靠近。吴浩泽知道两颗星球并不会碰撞，会在即将靠近的那段时间转向，那是诺海星，轨道本来就靠近炎龙星，这也是为什么 10 个小时就可以到达另一个星球的原因。吴浩泽低下了头，嘴角划过一丝冷笑……

东方明打了个出租车回家，看向上空，一个蓝色的行星正在靠近，东方明看着这颗行星，陷入了沉思，是不是一场巨变要开始了呢？一场科学的革命？

东方明皱着眉，最终叹了口气靠到了椅子上，闭目养神。一个电话打了过来，曾志康的声音在电话那头响起："喂？"东方明疑惑，问道："请问你是……""我是曾志康啊，这是我新换的电话号码。""哦，我就说呢。"东方明恍然大悟。曾志康道："那个，东方明啊，你知道游戏管理员的事吗？"东方明道："不知道，怎么了吗？""这个游戏一共有十一个管理员你知道吗？"东方明微微错愕，道："不知道啊。"曾志康叹了口气，道："这个游戏一共有十一个管理员，且他们每个人都是拥有一项特殊技能的。""什么是特殊技能？""就是这十一个人每个人都有一项杰出的能力。"东方明微微一愣，问道："那，谢林心是吗？"

曾志康道："这个不能肯定，因为虽然有十一个管理员是公开的秘密，但倒是没有说是谁。""哦。"东方明有些失望，"还有什么事吗？""没了，这次打电话来第一是告诉你我新的电话号码，第二就是告诉你关于管理员的事，还有就是在车站的时候有些失态，对不起啊。"东方明愣了愣，笑道："哈哈，你不提我还忘了，没事，都过去了就不用管它了，如果没什么事我就挂了啊，拜拜。""嗯，拜。"

东方明挂断了电话，苦笑了一下，为什么感觉最近好像被这个游戏给包围了似的？想着，便开始了一天的实验与工作。做完实验后，东方明伸了个懒腰，检查了下看到没有人打电话来，又看到时间还早，便打开了电视，一条新闻映入眼帘。

"今天 16:35 分，一名男子因家里一氧化碳泄漏中毒昏迷，暂时还未脱离危险期，详细原因稍后继续跟进。"

四、事故

东方明眉毛微微一动，因为他想起来 16:30 分左右是他从甄逸家里面出来的时候。东方明继续看下去，对病人的特写终于出来了：甄逸！ 东方明立即紧张了，如果自己晚走几步会发生什么？而且东方明现在已经有把甄逸和刘天齐当作自己队友的打算了，他赶紧打电话给刘天齐，刘天齐接通电话："喂？"

东方明急切道："刘天齐，甄逸中毒了！快去看看！"刘天齐道："那你知道他在哪家医院吗？"刘天齐的声音依旧是不咸不淡，东方明愣住了，对啊，不知道甄逸在哪个地方，怎么办？ 东方明想了会儿，突然道："等等啊，我先打个电话，一会儿打过来。"说着东方明挂断了这个电话，又拨了另一个号码。"喂？东方先生？""吴先生，请问您知道甄逸是在哪个医院吗？多次麻烦您了。"东方明问道。"哈哈，没事没事。"吴浩泽笑道，随后沉默了几秒，接着吴浩泽的声音传来，"东方先生？还在吗？"东方明赶紧道："还在还在。"吴浩泽道："甄先生是一氧化碳中毒的那个吗？"东方明即刻道："对，是的是的，请问他在哪个医院？"吴浩泽道："他现在正在第一人民医院治疗中，需要我带您过去吗？"东方明道："不用了，谢谢，这次真的多亏了您啊，真的谢谢。"

吴浩泽笑道："哈哈，我记得我好像说过有任何问题都可以来找我，不用谢。""嗯，好的，那我挂了，拜拜。""嗯，再见。" 东方明拦了辆零摩擦出租车，拨通了刘天齐的电话："师傅，到第一人民医院……喂？刘天齐，甄逸现在正在第一人民医院上班，呸，在第一人民医院！""嗯？好的，我马上赶到。"东方明听到对方的语调都变了，微微一笑，这对挚友还真是死党啊。

"你的那位甄逸朋友怎么了？"东方明一愣，看向说这话的人。"曾志康！又是你？"曾志康道："怎么不可能是我呢？你那位朋友怎么了？"这时刚到红绿灯路口，曾志康踩住了刹车，转过头。

这时，谢林心正蹲在树上，看着车里面的曾志康和东方明两人，嘴角划过一抹冷笑，拿出手机，按下了发送键，短信内容：猎人，物品，已经，到达，目标，的士，地方。

四、事故

东方明叹了口气，道："他一氧化碳中毒，我现在要赶过去看看。"曾志康的手机忽然响了，曾志康接起来，看了看便关上了。

随后，绿灯亮了，曾志康松开刹车继续前进，突然，只听"砰——"的一声，东方明还没反应过来，头就撞到了车窗上，车窗碎了！东方明倒在了另一边的车门上，头上鲜血直流，不省人事。车翻了。

与这辆车相撞的是一辆卡车，曾志康在撞车的一瞬间打开车窗逃了出去，赶紧拨通了110。这时，他忽然想到了什么。报完地址后，曾志康爬到车上，把车门打开，将东方明扶了出来。这时，另一辆公交车飞速开来，曾志康一惊，这是要灭口啊！然而此时曾志康怀里还有一个东方明，行动起来非常不方便，曾志康努力了几次后绝望地坐在了车门上，等待着死神的降临。"吱——""砰——"两个声音几乎在同一刻响起，想象中被撞击的感觉没有出现，曾志康微微睁开了眼，确定自己没死。

他先放下东方明，使其靠在座椅上，然后一跳，扒上另一个车窗，把头探出去，发现正好是赶来的警车被那辆公交车撞翻了。随后记者赶来，救护车紧跟其后，在将几名伤员抬上救护车后，警察检查了现场，记者们则纷纷记录车祸事件。一个受伤了的警察找上了未受伤的曾志康，开始做笔录，而其他的警察则在维护秩序。

东方明睁开了眼睛，忽然觉得头好晕，好疼。看着完全陌生的地方，东方明挣扎着坐了起来，才发现自己的身上贴满了一些奇怪的医疗物品，模模糊糊道："伊……啊，哈？"

忽然，整个人一个激灵，完全清醒了。 东方明突然发现自己竟然不会说话了！ 东方明感觉自己的心脏蓦然一紧，不会说话这是一个大问题啊，假如说真的不会说话了，恐怕很多事情都做不了了。

怎么办？ 到底怎么办？

东方明摸索到了医护呼叫键，按了下去，不一会儿，一个医生跑了过来。东方明还什么话都没说，医生就看向面前的显示屏，按了几下，松了口气，向东方明道："还好，

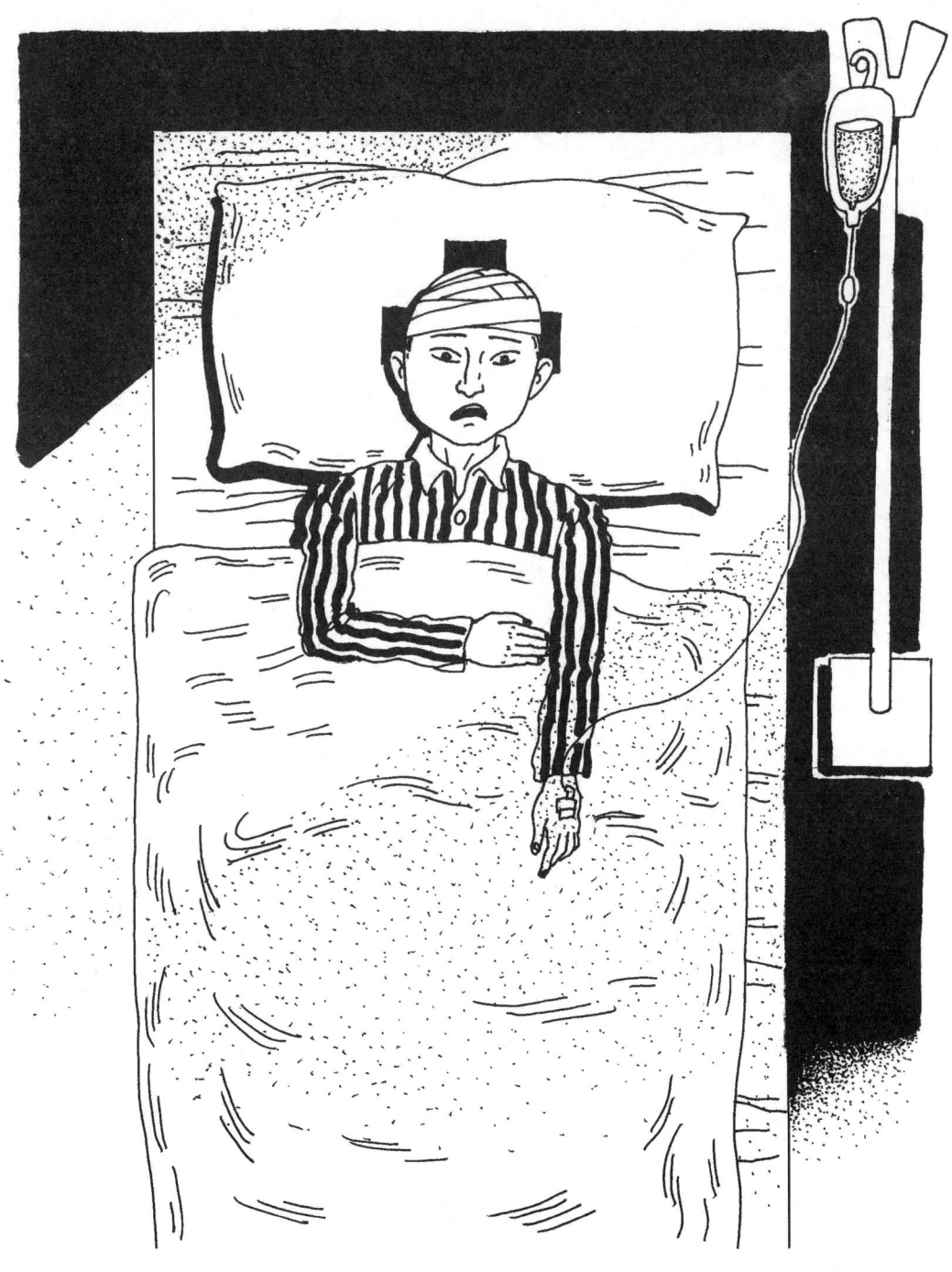

体征比较正常，不过，似乎语言功能受阻，现在你能说话吗？"东方明摇了摇头，医生道："那你需要住院两个月，好好地调理一下。"

东方明点了点头，随后，做了一个写字的动作，医生心领神会拿来了一支笔和一张纸。

东方明接过后，闭上了眼睛，脑海中静静地思索整理着最近发生的一切，随后睁开了眼，在纸上写了起来：

进入游戏，谜底（未知）；第一场游戏，谜底：黑洞，马清云的电话；第二场游戏，谜底：原始生物；去甄逸家，出来时甄逸一氧化碳中毒，去甄逸医院时撞车（东方明在这里停顿了一下，在一旁加了两个字：故意？）。

想着，东方明再整理了一下。游戏，三次：第一次试炼，谜底未知；第二次正式，谜底黑洞（遇见吴浩泽和马清云）；第三次正式，谜底原始生物（遇见甄逸和刘天齐，知道了谢林心）。事件：在去马清云家时遇见曾志康；等星际客车的时候遇见了曾志康（心情不好？游戏有问题？）；在星际客车上遇见了谢林心（难缠）；去甄逸

四、事故

家，明白了一些事情；出来时甄逸一氧化碳中毒；在去甄逸医院的时候撞车了（故意？无意？遇见曾志康）；醒来后不能说话了（游戏？撞车所致？）。

东方明揉了揉发疼的太阳穴，又加了一句话：游戏目的？ 东方明看了一会儿，随后把纸折了起来，放到枕头下，然后躺下，脑海中的思路越来越清晰，是的，没错！东方明脑海中灵光一闪，游戏的目的已厘清！那么，接下来的，就是查清管理员分别是谁，还有谁是游戏的创造者了。东方明嘴角挂着一丝微笑，闭上了眼睛，首要任务是调理好身体，随时准备战斗。

谢林心此时蹲在医院旁的一棵树上，按了下耳麦，冷声道："嗯，好，第一步完成，猎物2231现在可以脱离危险。"说完她便消失了，只留下几片树叶翩翩落地。

东方明按呼叫按钮叫来了医生，在纸上写了几个字："这是哪个医院？"医生扶了扶眼镜，道："第一人民医院。"东方明惊喜，写下："甄逸在这里吗？"医生从口袋里拿出一个病例表，翻了翻，道："一小时前刚刚醒过来，而且似乎精神状态良好，现在已经可以下床了，请问要我去叫他吗？"东方明点了点头，于是医生离开了病房。不一会儿，甄逸走了进来，一进门便道："东方明，找我有什么事吗？"

东方明先指了指自己的嘴巴，然后摇了摇头，甄逸道："嗯，刚刚听医生说了你现在不能讲话了，你就写在纸上吧，我有耐心。"东方明点了点头，在纸上写了一句话："组队吧？"甄逸愣了一下，问："啊？什么组队？"东方明此时已经在写了，写完之后，当他把纸片翻过来的时候，甄逸惊呆了，东方明在纸条上毅然写着："组队对抗游戏。"

甄逸嘴角抽动了一下，道："你，明白了这件事后，真的不怕游戏吗？"东方明笑着写道："我知道我现在在干什么，他正在看着，但是管他呢，既然都明白了我的想法，那我为何不说出来？"甄逸咽了下口水，不得不承认这个想法很危险，但也很挑战智商和勇气，这是自己喜欢的！甄逸犹豫着，过了一会儿，一咬牙，道："好，我答应你！大不了光荣殉职！"东方明笑了笑。

四、事故

　　忽然，一个人从门外走了进来。"甄逸，你大病初愈，现在居然走到了这里？"刘天齐刚走进来就道。甄逸笑了笑道："哈哈，我这不是觉得自己精神不错过来看看病友吗。"

　　东方明苦笑了一下，在纸上写道："甄逸，帮我问问他。" 甄逸一拍脑袋，道："诶，对，刘天齐，要加入我们吗？"刘天齐脸上露出不解的神情，甄逸道："我们要组团对抗游戏啊。"刘天齐先是愣了愣，随后冰冷地道："我不允许你参加。"甄逸愣住了，刘天齐道："你难道不知道这会出什么事吗？游戏不是你能够对抗的！"东方明摆了个手势，写道："你还不明白吗？要是游戏不用我们了，那么他还会留着我们吗？"刘天齐愣住了，甄逸想了想，随后道："对啊，别忘了我跟你说的东方明受伤的事情。"

　　东方明奇怪地写道："啊？什么我受伤？"甄逸道："在上次游戏时，你不是被熊拍晕了吗？当时其实就伤到了一条手臂和头部而已，也就是说，是这个游戏让你活了下来。"东方明愣住了，随后叹了口气，对刘天齐写道："刘天齐，所以说假如游戏想让你死，你早就死了，根本不会留到现在。所以说，你还对游戏背后的他有用的话，那么你只要在这段时间内不做出出格的事情，那么你就会活着。但是，等游戏结束后我们没用了，你说会发生什么？他们可能要杀人灭口。所以你真的不加入我们吗？"

刘天齐道："那么不做出出格的事情，你要如何打败游戏呢？"东方明笑着写道："为何要打败？"刘天齐愣了愣，东方明继续写道："如果你加入我们的话，那么我们可以制订一个计划啊。"刘天齐歪着头，沉思片刻，叹了口气道："好，我加入你们。"这个结局是东方明所想得到的。同时，东方明也猜想游戏管理方知道了自己组队对抗游戏的事，不知道管理方会怎样对付自己！游戏会不会因为这件事而增加难度呢？东方明向窗外的那棵树看去，嘴角画过一道弧线，是时候反击了。

五、小岛游戏（上）

　　东方明把目光收回，道："那好，那就这么定了？"刘天齐点点头，带着甄逸走了出去，东方明则躺下，思考着怎样应付接下来的危险。

　　就在这时，东方明听到了冰冷的提示音："还有十分钟进入游戏。"他睁开了眼，深吸口气。"还有五分钟进入游戏。"东方明坐起来。"进入游戏。"东方明只觉眼一黑，再睁开眼时，被呛了口水，猛咳之中赶紧双手往上划，终于呼吸到了一口空气，东方明抹掉了脸上的水，发现自己身处一望无际的海洋。

这时，系统提示音响起："本次游戏为寻找合作，往左游会到一个小岛上，生存一天即可获胜。"东方明知道，如果说只要在那里生存一天的话，那么岛上的环境一定是非常险恶的，但是，假如说继续在这里的话，迟早会因为体力不支而沉入水底，所以现在必须要到那个小岛上缓一缓才行。打定主意后，东方明往左游，不一会儿他愣住了，因为此时还没看到小岛，却看到一个巨大的火山。东方明皱了皱眉，这个火山喷发一次肯定整个岛都会被淹没，到时候跑去哪儿？而且还不知道这个火山的喷发规律，要是几分钟喷发一次那还怎么玩啊。

他头皮有点发麻，难道是因为知道了我们组队对抗游戏，所以才给我增加难度？ 东方明继续往前游，看到了岛，不过，令他感到惊恐的是：地面铺满了岩浆，而泡在岩浆里面的树全是活着的！此时，东方明的大脑里面只有一句话：物竞天择，适者生存。

东方明到达岸边时，竟然发现岩浆已经全部不见了！

不知道是被地表吸收了，还是被植物吸收了，还是遇水变成岩石了。东方明踏上这块陆地，发现没有想象中的高温，反而是凉爽。东方明看向从来没见过的参天大树，猜想，这一切可能都是这些树的原因。

"欸，东方明！"东方明微微一愣，转过头去，发现此时站在身后的人很熟悉，定睛一看：马清云！ 东方明笑道："马清云，为什么每次都是你在我后面啊？"

马清云也笑道："哈哈，这说明你总是快人一步嘛。"东方明拍了拍马清云的背，道："你这句话我爱听。"两人就这样聊了一会儿，东方明忽然愣住了：我会说话了？东方明在刹那间明白了，这个游戏的伤势不会带到现实，而现实的伤势同样也不会带到游戏，这可能就是空间差的问题。假设这个游戏是一个空间，那么你在这个空间死了，你在现实空间也会死，但是假如你还活着，那么到另外一个空间的时候就是另一个空间的状态，而每次离开这个空间也可以看作是在不断格式化，所以才会造成这种情况。

东方明松了口气，在游戏中不会说话就代表不能及时传达讯息，而现在既然可以说话了，那么就好了，随时可以提醒别人，或者讨论接下来该咋办。

马清云摆了摆手，看了下手表，道："还好，已经过去一个小时了，可火山还没喷发，我猜我们起码有一个小时的活动时间，这一个小时可以做很多事了。"东方明点点头，看向火山，暂时还没有喷发的迹象。东方明和马清云继续深入探讨，猜想这个地方动物不多，想必大部分都是被火山给灭绝了，东方明松了口气，如果没有动物捣乱的话应该还好，东方明想着。

忽然，一声猿啼打破了宁静，东方明立即警觉了起来。马清云拦住了东方明，随后，捡了这根树枝，拿出口袋里的一把小刀，开始削了起来，东方明在一旁默默地看着。不一会儿，马清云把这根树枝就削成了一端尖锐、类似匕首的东西，东方明笑道："看来你有学很多知识啊。"马清云笑道："在这个游戏里不学些东西根本无法生存。"就这轻描淡写的一句话，瞬间就给东方明敲了警钟，是啊，假如不学点东西，在这么恶劣的环境下根本无法生存！

东方明点了点头，在心里已经基本列出了一系列的计划。

忽然，只见马清云一摆手，手中的木质匕首闪电般地飞了出去。接下来只听"吱——"一声怪叫，一个像猴子一样的生物就被定在了树上，头上被插了个匕首，血正潺潺地顺着额头流了下来，马清云笑了，问东方明："吃猴子肉吗？"

东方明惊道："啊？猴子肉能吃？"马清云正色道："猴子肉比猪肉有营养啊，而且在这个游戏里你必须学会吃任何东西，包括虫子。"东方明苦笑了一声："呵呵，好吧，虫子也能吃？"马清云点点头，不再说话。

东方明把猴子取了下来，一股腐臭味迎面传来，东方明皱了皱眉，把匕首递给马清云。 正当他们两个把猴子吃完时，东方明闻到了一股臭鸡蛋的味道，他皱了皱眉抬起了头，知道这是火山要爆发的征兆，火山口此时已经有岩浆流出。马清云立即拉着东方明往岛外跑，边跑边看手表道："两个小时喷发一次，现在赶紧跑！越靠边越好！"

东方明点了点头，也不用马清云拉着，自己往前跑，不一会儿就跑到了岸边。接下来只听震耳欲聋"砰——"的一声，东方明回过头去，火山口开始喷发岩浆。马清云大喊："快！爬到树上！"东方明微微一错愕，凭着对队友的信任，他赶紧蹿上树。然后，东方明只觉得地下传来一股热浪，他紧紧地抱住了树，忽然一股清凉的感觉从树上传来。东方明脑中灵光一闪，怪不得刚踏上这个小岛的时候会有清凉的感觉，原来是因为这些树的原因。

东方明看到已经爬上另一棵树的马清云此时对他做了一个没问题的手势，他的心稍稍安定了一点，随后，只看到岩浆急速地融入了地下。不一会儿，岩浆竟已消失，地面如常。东方明下了树，马清云已经在树下了，拍了拍衣服，道："现在知道为什么猴子能在这种地方生存了，这些树真是好东西。"东方明点点头说道："嗯，两个小时火山爆发一次。"这时，又一声猿啼响起，东方明皱了皱眉，忽然，他们周围的树上都蹿出了绿色的猴子，不停地发出声音恐吓他们。

他们被包围了。

马清云握紧木质匕首，皱了皱眉，道："怎么回事，是因为我们杀了一只猴子吗？"东方明思索了一会儿，道："我觉得可能和猴子的最后一声怪叫有关……"忽然，东方明想起了刚取下来时候猴子的味道，为什么会有腐臭味！按理说动物刚死的时候尸体不会那么快散发出那种味道，东方明惊叫道："我明白了！猴子刚死时散发的味道等于定位！现在味道在我们身上！"

没想到，他们说话的声音却激怒到了猴子们，几只猴子立即叫着扑了过来，马清云的匕首立即开始闪烁，宛如死神的镰刀一样不断地收割生命。但扑上来的猴子还是太多了，随着腐臭味越来越浓以及猴子越来越多马清云开始力不从心，而东方明因为是赤手空拳，所以更加吃力了。

忽然一道寒光闪过，一只猴子的头上插了一把绿色的剑，东方明和马清云愣了一下，模模糊糊地看到一个人影。两只猴子突然扑上去，两人猝不及防之下，被咬住了，东方明一惊，敲了一只猴子的头，猴子怪叫一声，东方明立即甩掉了那只猴子。这时，他才看清第三个分走了猴子的人：刘天齐！ 东方明笑了笑，刘天齐是连一只熊都能杀掉的人，对付这些猴子他应该不在话下。随后，东方明开始专心地对付此时在自己周围的猴子。刘天齐此时正在往东方明和马清云的包围圈那里走动，猴子们也没敢拦他，因为在他一人手上死掉的猴子比东方明和马清云加起来都多。马清云看到刘天齐在向他们靠近，顿时大喜。但是刘天齐此时满脸严肃，因为他发现猴子对三人的攻势小了，大多也就是虚张声势而已，这说明他们在等，刘天齐皱了皱眉，似乎大家伙要来了。

刘天齐渐渐地靠近东方明和马清云的包围圈，东方明和马清云也发现了猴子攻势的减小，纷纷皱起了眉，东方明发现这一关似乎没有想象中的那么简单。刘天齐将一把绿色的剑抛给东方明，正好插在东方明身前，喊道："拿上，青铜剑。"东方明眼睛一动，拔出了青铜剑，这个东西他是从哪里拿到的？ 忽然，又一声猿啼，猴子们好像都听到了号令似的，立即往后退。刘天齐和东方明、马清云站在了一起，这时一个巨大的生物出现在了他们面前，当三人看清面前的生物时，都愣住了，脑海中同时出现一个念头：麒麟！

此物集龙头、鹿角、狮眼、虎背、熊腰、蛇鳞、马蹄、猪尾为一体，活脱脱一个麒麟，东方明发现这个游戏真是什么都有可能出现。刘天齐下意识往周围看了看，然而猴子已经围成了一个圈，这个圈里就只有树、人和麒麟而已，根本没可能冲出去。

突然麒麟发出一声怪叫，声如炸雷，三人一惊，麒麟已经扑了上来。刘天齐把剑抛向麒麟，接着，只听"当——"的一声，青铜剑断了，麒麟身上完好无损，只不过是迟钝了半拍。刘天齐咬了咬牙，大声道："上树！跳出去！"马清云与东方明两人瞬间醒悟，立即蹿上树。

麒麟一直在一旁看着他们，当他们蹿上树时，麒麟突然张开嘴，口中喷出了火，然而三棵树并没有燃烧，反而火焰全被吸收了。马清云和刘天齐立即跳了出去，麒麟突然撞向东方明那棵树，只听"咔嚓"一声，因为刚刚吸收了火焰，所以树变得极其干燥脆弱，能支撑物体在上面已经很不错了，结果此时受到了强烈的撞击，树就这样应声折断了。

　　东方明感受到树的倒塌，一瞬间爆发出了全部的潜能。他双脚一蹬，瞬间在空中转了个圈，华丽地跳出了包围圈，双手撑地，一推，就这样站了起来。东方明转头，看到麒麟扬起了头，同时发出了不甘的"咕咕"声，然后猴子立即退开一条道。马清云一看不好，赶紧抓住了东方明的手，开始跑。东方明因为在一瞬间用完了所有的力气，所以时不时被绊倒，但他不敢停歇，因为此时麒麟正在后面追。刘天齐跑在最前面，忽然想到一件事，转过头，道："都跟着我跑！"随后拐了一个方向。马清云抓着东方明，一愣，随后赶紧跟着刘天齐，转一个方向，而麒麟此时就跟在后面，但是速度很快，刘天齐拐了好几个弯，麒麟的速度不见减小，但仍然还是落后了一段距离。

六、小岛游戏（中）

东方明因为体力不支，此时已经被马清云背着了，同时东方明也在惊叹马清云的体力，他已经决定这次游戏完一定要锻炼了。不一会儿，他们就看到一个一人高的洞。

跑在前面的刘天齐钻进去，大喊："钻进来！麒麟太大进不来！"马清云点了点头，速度越来越快，麒麟跟在后面，突然喷了口火，马清云跳了起来，可惜没控制好，摔了一下。东方明因为这一摔，被摔进了洞里。东方明转过头去，看到此时麒麟正准备咬上马清云，马清云一躲，随后，手上的木质匕首直接抛进了麒麟的嘴里，麒麟扬起头，嘴里喷出了火。东方明觉得匕首恐怕是直接在里面给烧成灰烬了，马清云也趁机跑进了洞里。忽然，一股臭鸡蛋味再次传来，这意味着火山又要喷发了，麒麟不甘地叫了两声，随后往回跑，它可不想暴露在岩浆之中。

刘天齐赶紧招呼东方明和马清云进去。东方明警惕了起来，刘天齐摆了摆手，道："跟我来，这里是个墓穴，我进入游戏时是在这里出现的，青铜剑也是在这里拿的。"说着，便往里走，东方明和马清云紧跟其后，这个地方已经被根系覆盖，但是走起来也不觉困难。刘天齐在墙上摸索了一会儿，忽然按了一下墙壁，东方明只听背后传来机关运作的声音，转过身去，发现背后的门缓缓闭上了，刘天齐道："现在还不知道为什么这家的主人会把墓地建在这儿，但是我明白的是，这块地不简单。"

东方明疑惑地问道："啊？什么不简单？""这块地是……算了，不说了，我只知道这块地很好，是一块风水宝地，背靠主山，山环水绕，主山来龙深远，气贯隆盛，左右有山脉环护，养风藏气，实属宝地。"东方明刚想问水源在哪儿，就听到了潺潺的流水声，东方明愣住了。

刘天齐笑道："在毒药附近必有解药。"东方明点了点头，随后，刘天齐便领着东方明和马清云继续深入，然后，三人看到了一个棺材。东方明觉得稀奇，刚想上去摸，刘天齐就抓住了他，刘天齐道："别碰，有毒。"东方明疑惑地问道："就算有毒现在也被氧化了吧？"刘天齐道："你闻一下这里的空气，基本和外面一样清新，而我来的时候这个洞口是封闭的，也就是说，那些毒气都还没有消散，全都是附着在上面的。"东方明顿时感到一阵后怕，连忙把手缩回来。这时听到一声巨响，东方明和马清云下意识地抬头，刘天齐道："火山爆发了，我在这里面经历过一次爆发，不会漏的。"

东方明和马清云同时点了点头，随后，刘天齐摆了摆手，示意东方明和马清云跟过去。东方明先走，马清云看了看表，嘟囔了一声："才过了四个小时啊。"随后跟了上去。刘天齐走着走着，忽然一皱眉，道："不对，这条道我没有走过，之前我打开门之后往里面走过，并不是这一条道。"东方明一惊，问道："你确定？"刘天齐点了点头，道："没错，之前并没有走过这条道。"马清云摸着墙壁，道："如果真是那样的话，挖这洞工程量可真大。"

刘天齐疑惑地转过头来，马清云道："这其实很简单，有一个猜测就是，这里一共有两个墓道，打开门一个，关闭门一个，因为火山的原因，如果要进来的话肯定要关闭门，在关闭门的时候其实墓道也就换了，这火山是一个很好的防盗装置。"虽说外行看热闹，内行看门道，但是这种非一般的情况恐怕那些呆板的内行并不能想到。

刘天齐思考了一阵子，点了点头，道："嗯，你说的没错，确实有可能，那这就不是常规墓了。"东方明道："继续走吧，看看这个尽头是什么。"就这样走着走着，大概一小时之后，东方明三人看到了光。刘天齐皱了皱眉，但没说什么，当过去的时候，三人都呆住了，因为他们看到了一个不可思议的东西。

马清云拍了拍东方明，道："这里啊，恐怕就是所谓的存放库了。"东方明咽了口口水，道："我觉得吧，这地方，真的是墓穴吗，刘天齐？"刘天齐沉默了许久，道："我不确定，但我能知道的是，这里隐藏得太深了。"他原本以为这里是出口，一直没想通为什么这里没有溢进岩浆，现在他终于明白是为什么了，这里根本不是通向外面，而是有灯光的原因才显得像是出口。

此时，在他们面前是一个圆盘形的东西，有人喜欢称它为不明飞行物，更多人比较喜欢称它为UFO。在这个飞行物之后，是一个看不见对面、像基地一样的东西，一共有三层，天花板上是一个巨大的圆形灯。东方明往前走，发现在面前有一个按钮，上方显示着：Dangerous high 6 science should。刘天齐走过来，道："Dangerous high 6 science should.这是什么语法？"东方明苦笑了一下，道："连你都不知道的我会知道吗？"刘天齐想了想，道："如果是这种拼法的话……我觉得有可能是密码。"一直站在一旁的马清云突然发话了："Press，按下。"东方明和刘天齐惊异地望向他，马清云道："这是藏头诗，把d小写，并且把所有的字母倒过来再加以想象模拟就是了。"两人回过头去，发现确实是这样的。东方明竖起了大拇指，随后，按下了这个按钮。 接下来，按钮的地方出现了一个不知道是什么的仪器。忽然，三人只觉眼前一恍惚，回过神来，发现此时周围是一片漆黑，就看得见身边的两人。随后，他们面前出现了一些白色浮空的字：Di Di Di Di，Di，Di Da Di Di，Da Di Di Da。A-hmosmojxjdimdiem，B-neamoidnoijnriooiefhhahi，C-jclonwsinxnuirhuns，D-siopcjojowndjnojansjz。东方明眨了眨眼睛，拍了拍马清云，微微一笑，道："这个东西挺简单的哈，前面的排列是摩斯密码，拟声版；第二排列中，第一个单词念第一个字母，第二个单词念第二个字母，第三个单词念第三个字母，第四个单词念第四个字母。"马清云皱起了眉，道："h，e，l，p，help，这什么意思，外星人需要帮助？"突然，他们眼前再次恍惚，回过神来，面前站着两个外星人，定了定神才发现，它们是全息投影。这时，外星人发话了："我们被迫降落在了这个星球，我们看不到任何智慧生物，如果有智慧生物找到这里，请务必帮我们修复信号发出仪并发送信号到母星上，我们会给你们10万金币，接受吗？"

东方明沉默了，然而刘天齐瞳孔一收缩，咬了咬牙，道："好，我们答应。"其余两人还没反应过来，外星人就说："嗯，谢谢你们了。"随后就消失了，东方明问道："怎么回事？为什么这么快就答应？"刘天齐咬了咬牙，道："呵呵，这是隐藏任务，而且这还不是选做任务，是必做任务，如果不做的话会被扣钱。"东方明愣了愣，叹了口气。终究还是游戏在主揽大权……

定了定神，东方明转头看向基地内部，道："我们先找找那个所谓的信号发出仪吧，我想可能就在这个基地内部。"刘天齐点了点头，一个人先往前走了出去，东方明紧跟其后，三人仿佛商量好似的往三个方向找去。

东方明发现这里的科技含量已经不是现代科学所能解释的，他在以前从没见过一个跟着你飘的光屏，也没见过上面所显示的数据，更没见过楼梯每一段都只需想一下就可以上下移动层次。刘天齐看着光屏，用手在上面点了几下，出现了一些新的数据，微微蹙眉，耸了耸肩，便不再理会，只是没有注意到左上方出现了一个倒计时：10:43:55。马清云把光屏拉到自己面前，在上面点了几下，出现了一个立体的图像，仔细一看，这就是整个基地的立体图像。马清云把图像拉大，看到了自己的形象，随后又点了一下自己，旁边立即出现了一些数据，马清云嘴角抽搐了一下，便把光屏给移到了一旁，用手在上面又按了几下。

忽然，东方明看到前面一个黑色的小盒子凭空出现在空中。东方明赶紧走过去，看到上面有一个按钮，按下，只听基地机关作响，一个东西从顶上飘了下来。马清云笑了，如果不是他会用光屏，把盒子摆在了东方明的前面，恐怕这声音永远也不会响起。紧接着，机关忽然停顿了一下，一个声音回荡在四周："还有9分22秒解开谜题，否则全部死亡。"马清云一惊，大喊："刚刚谁碰了光屏！"刘天齐指了下自己，露出疑惑的目光。马清云暗骂一声，上到第三层，助跑，一蹦，直接抓住了那个东西。随后借势向前抓住了对面的栏杆，翻到了走道上，把手上的东西放下，翻开了一个盖子，在上面拧了一下。东方明走过去才发现那个东西是一个小盒子，上面有一个键盘。这时，键盘浮了起来，显示着一些数字，盖子上有一些符号似的东西。

东方明看着这些符号，沉思片刻，道："你们去附近找，肯定可以找到一个手表，给我。"马清云"嗯"了一声，随后转头走着，遇到了刘天齐，这时刘天齐手上已握着一块手表，他递给马清云，问："刚刚过来的时候看到的，是不是你们掉的？"马清云微微一愣，随后笑道："这个当然不是我们的，是符号上的手表，有用。"马清云注视着手表，道："嗯，这块表是坏的，指针都已固定，那么，可能时针、分针，甚至秒针都是密码，时针是6，分针是32，就看这个要输入的是多少位数的密码了。"东方明明白了，这个键盘应该是对应的，符号的第一个是输入密码的位置，第二个是密码的打开方式，东方明道："这个应该是四位吧？一般的密码都是四位。"马清云点点头，在键盘上按下：0632。接下来，看到键盘翻转了一下，随后降下去，盒子"底盘"升了起来，出现了一个密闭的空间，里面是一个六边形，东方明看着这个六边形物体，发现跟盖子上的第三个符号基本一模一样。

马清云看了看，道："六边形，六位吗？"马清云还没反应过来，东方明就用手指在上面写：314159。马清云道："六边形可能预示着六位，然后最后一个符号是 π，3.1415926 那一串，中间那个笔尖可能是要我们写出来。"就在说话的时候，升起来的东西降了下去，接着，一条光束直接射向了屋顶。这时东方明发现屋顶上有一个六边形的反光镜，随后，基地一些地方也翻出来镜子，光芒反射，基地走道开始往内收缩。东方明三人一惊，刘天齐最先跳下去，每到一层抓住栏杆，跳到地面。东方明咬了咬牙，学着刘天齐跳了下去，马清云也紧接着翻了下来。三人看到面前出现了多个不同角度的六边形光线，一直反射，在他们面前忽地停了下来。接着，在光线的对面，墙壁忽然往回收缩，一个白色长条形的机器就慢慢地飘了出来。马清云接住了它，发现上面有一个凸起来的东西，东方明道："这个应该是那个信号发出器了，修好它就行了。"马清云点了点头，走向一个地方。

东方明看到那里什么都没有，马清云把光屏移动到自己面前，在上面点了几下。忽然，马清云前面的空气出现了波澜，不一会儿，在马清云前面多了一张桌子，桌子上摆放着一个工具箱。这时，一个声音再次响起："离破解谜题还剩下5分钟。"马清云皱了皱眉，打开工具箱，仿佛重复过千百遍一样，娴熟地把机器拆开、替换零件、修复。若不是东方明知道马清云对各种机器的痴迷不可想象，恐怕此时也会目瞪口呆。马清云笑了笑，把手上修理了的机器递给东方明，道："点击上面的一个按钮就行了。"

东方明接过来，看到上面确实有一个红色的按钮，点了点头，按了下去。忽然，整个基地颤动了一下，东方明一下没站稳，手上的机器也脱手而出，摔到了地上，裂成了两半。随后，面前那UFO飞了起来，一个声音响起："感谢你们帮助我们飞了起来，我们承诺的 10 万元金币一定会结账的，恭喜你们完成了隐藏任务，距离主线任务完成时间还有十三个小时。"东方明苦笑了一下，UFO 就这样穿过墙，消失在了墙的对面。

刘天齐拍了拍东方明，扭头先往来的方向走，东方明和马清云并肩走在后面。刘天齐把墓门打开，随后跑回墓里，过了一会儿，拿着三把剑出来，东方明和马清云一人拿了一把。忽然听到一声猿啼，三人一惊，似乎就是这个声音。东方明率先跑了出去，喊道："快跑，麒麟来了。"紧接着，其余两个人也醒悟了过来，跟着东方明跑。他们跑出墓，是因为游戏时间所剩已经不多，被麒麟和猴子困在墓里，那就完不成游戏任务了。

猴子的叫声渐渐大了起来，时不时伴随着猿啼，东方明三人暗暗叫苦，知道免不了还有一场硬仗要打啊。

刘天齐跑在最后，东方明跑在最前，马清云在中间。刘天齐时不时防备着后面猴子的突袭，这时候跑在最后反而最不安全。刘天齐突然停下了脚步，喊道："别跑了，我们已经被包围了。"东方明一惊，停了下来，发现猴子确实在外面形成了一个包围圈，而且这次包围圈的每棵树上都站满了猴子。刘天齐拿起了武器，道："现在麒麟还没有出现，这些猴子只是要限制我们而已，我们现在只要杀出一条血路就行了。"刘天齐说完，脚下一蹬，身体如利剑般飞了出去。马清云拉了一下东方明，松手，拿着剑就跑向了刘天齐那边。东方明咬了咬牙，跟了上去。猴子似乎发现不妙，有几只叫了一下，一只猴子就冲了过去，其他猴子再次把东方明三人包围了起来。他们三人杀死了几只猴子，其他猴子就再次包围上来，就这样反复几次，刘天齐坐下了，道："我们输了，这群猴子的智商很高。"东方明丢下了武器，道："那现在怎么办？"刘天齐道："这群猴子肯定怕误伤，一会儿麒麟来了的话他们肯定会从树上下来，那是我们唯一的机会了。"东方明点点头，也坐下休息。马清云嘴角抽搐了一下，坐了下去，闭目养神。

不一会儿，一声猿啼就在一旁响起，东方明看向那个方向，发现麒麟不知道什么时候已经站到了那儿。东方明站了起来，把剑拿了起来，刘天齐和马清云也紧接着站起来。麒麟走了进来，猴子们也确实从树上退了下来，刘天齐站在最前面拿着剑进入戒备状态。

忽然，麒麟张着血盆大口就朝刘天齐冲过来。刘天齐眼神变专注了，瞳孔忽一收缩，手指微动，手上的青铜剑闪电般射了过去，直接插入了麒麟的口中。麒麟发出一声尖锐的声音，口中的火试图烧毁青铜剑，但是这青铜剑似乎是烧不断的。于是麒麟就在那里痛苦地翻滚，不时撞一下树，嘴里吐出火。刘天齐大喊："快上树，跳出去！"

东方明三人立即蹿上树。忽然，麒麟直接往马清云那棵树上撞。马清云纵身一跳，结果正好是麒麟撞树的那一刻，力瞬间就被卸了一半，往猴子群里飞了过去。猴子让开一条道，马清云这样掉下去，肯定不死也得掉半条命。千钧一发之时，马清云把青铜剑伸到身体前面。

只见青铜剑插入了土里，马清云借势起身，把剑拔了出来。东方明松了口气，随后，深吸口气，跳了出去。刘天齐在东方明起身时同时起跳，马清云也突破了猴子堆，

猴子们此时少有扑上来的，三人就这样成功地离开了。刘天齐殿后，马清云打头阵，而东方明则在他们两个中间被护得周全。

七、小岛游戏（下）

东方明吸了口气，道："回那个洞里吧，这里不安全。"刘天齐摇了摇头，道："晚上睡觉的时候可以回去，但是现在不行，必须要解决食物问题。"东方明点了点头，马清云一拍脑袋，道："哎呀，我忘记把杀掉的猴子带上了。"刘天齐道："带上也不行，拿着猴子肯定是一个累赘。"东方明四下望了望，树木都是一成不变的，道："也没办法啊，这个岛上也不会有什么水果一类的东西。"刘天齐道："系统不会有不给我们食物这种 bug，一定会有的。"

马清云道："等等，那个洞里，你确定没有食物吗？"

刘天齐想了想，摇了摇头，道："确实没有，因为当时的话……"马清云打断他，道："我是说那个水源旁边。"刘天齐愣住了，马清云道："你就只听到了水声，并没有看到水源是吧？"刘天齐疑惑道："系统总不会把食物和藏身处连接到一起吧？"马清云道："系统的心思你能想得到？最危险的地方是最安全的，这可能就是系统想的了。"说着，马清云停下了脚步。东方明发现马清云似乎长大了许多，逐渐善于思考，暗暗感到欣慰，游戏果然会改变一些人。刘天齐想了想，道："好，掉头，回去。"

说着，刘天齐迅速掉头，于是这个队伍就变成了马清云殿后，刘天齐打头，东方明在中间。三人就这样行走着，猴子似乎都消失了，一路上很静，周围只有一成不变的场景。东方明握了握拳头，这种情况是最磨人的，如果是三天的话肯定坚持不下去，迟早会被逼疯的。忽然，左边丛林传出了一丝树叶被踩到的声音，刘天齐头没动，手上的剑就甩了过去，本以为会传出猴子的惨叫，却没想到居然传出了人的声音，"我去，谁啊，随地丢垃圾也就算了，可你这丢的是剑啊，还有没有公德心了？"

接着，只看到草丛动了几下，一个狼狈的身躯就这样出来了。那人拿着剑，道："是谁丢的！给小爷我站出来，有种单挑。"马清云看到这个人嘴角抽搐了一下，不过没说什么。刘天齐愣了愣，最后站了出来，道："是我。"那人说道："先报上名来吧，我叫王锡进，你叫啥子？"

东方明眼神一动，王锡进，生物学界发明了癌细胞等位移除技术的那个人，没想到会在这里见到。刘天齐皮笑肉不笑了一下，随后道："刘天齐。"

王锡进一愣，随后嘴角挤出了一丝僵硬的笑容，道："哎呀，没想到是天齐老兄啊，我有眼不识泰山，今天能在这里遇到您真是三生有幸啊，改天来鄙人陋室里坐坐？""哦。"刘天齐不咸不淡地说了声，随后转过头，对着东方明道："他是我的合作伙伴，走吧，看来游戏安排了四个人。"东方明此时心中很是震撼，王锡进几时这么低头过？每次看人都是正眼都不瞧一个的，没想到现在居然对刘天齐那么"恭敬",按照刚才的情形来看,他们两个以前绝对没见过,那么所谓的合作伙伴恐怕就是暗示他俩的职业一样,盗墓吗?

刘天齐话刚说完,就往前走。马清云看着王锡进,嘴角露出一丝无奈的笑,然后跟了上去。王锡进同时也看到了马清云,苦笑着摇了摇头,拍了拍东方明的肩膀,问:"你是谁啊?我没见过你。"东方明道:"我叫东方明。"王锡进道:"嗯,好好干,这游戏没你看着的那么简单。"也走向刘天齐那边。东方明流露出一丝不解的目光,跟上了王锡进。

四人就这样走着,忽然,刘天齐停了下来,皱了皱眉,问道:"谁戴了手表?"马清云还没回答,王锡进就抢着说道:"我我我我,现在时间是……晚上七点三十六分。"刘天齐道:"现在七点?但是,为什么天还没黑?"一语惊醒梦中人,其余三人同时往天上看去,没错,天并没有黑,此时太阳高高地悬挂在天上,刘天齐盯着天望了一会儿,道:"极昼极夜吗?"

东方明道："不可能吧，这里应该不是在星球的两侧，怎么可能会有这种天象呢？"王锡进道："这个星球可能很小，而且靠近太阳一类的恒星，所以才会一直是白天吧，而且这岛上有这些树，也可以吸热的。"刘天齐道："走，我们去看看水上怎样，那里总没有这种树，如果水很烫，那就应了王锡进的话，如果不烫的话，这光源是从哪儿来的就有待考究了。"正当刘天齐准备走的时候，东方明叫住了他："等等。"刘天齐转过头来，东方明道："我是从水上出现的，但当时我并没有感觉到热。"刘天齐摸了摸下巴，皱了皱眉，道："那这就有很大的问题了，游戏在什么时候会出现这种情况？"马清云道："当同时进行多场游戏时，可能会出现系统错乱现象，这是现在实景虚拟游戏的一个巨大的 bug。"东方明问道："实景虚拟游戏？"

马清云道："嗯，这就是一直很多人想玩的实景虚拟游戏啊，我记得好像以前有一个公司曾试图开发这种游戏，不过好像因为事故终止了吧，那是哪个公司来着？"

刘天齐尴尬地转过头去："咳咳，我们现在先想想这到底是怎么回事吧。那个，马清云，你确定当实景虚拟游戏同时进行多场的时候会出现系统错乱现象？你是怎么知道的？"马清云道："我猜的啊，毕竟这个游戏似乎也没建成多久，因为现在好像最多的也就玩了二十多场，而且也是最近才传出很多名人猝死现象，我怀疑就是这款游戏导致的。既然是这样，那么肯定技术也没有成熟，所以这种错乱现象是很有可能的。"

东方明皱了皱眉，同时开始多场游戏？为什么突然一下要开始这么多游戏？东方明觉得自己的反击必须要加快了。忽然，他感觉心脏一阵收缩，出现了针扎般的疼痛，瞬间瞪大了眼睛，手捂着心脏，身体蜷曲倒在地上呻吟。马清云皱了下眉，蹲下，道："东方明，你怎么了？"东方明此时感觉自己要窒息了，根本没法回答，王锡进道："这就是所谓的系统错乱？呵呵，系统错乱现象也不会把人的感觉给转移吧？"马清云道："王锡进，这时候就别和我抬杠了好吗？我们现在必须得要弄明白这是怎么回事啊！"王锡进耸了耸肩，便不再说话。

马清云用手为东方明擦了擦汗。忽然，东方明长出一口气，针扎的感觉消失了，他站起来，结果踉跄了一下，倒了下去。东方明手撑住地，瞪大了眼睛，不对啊，这感觉不对啊，身体好轻，随后，东方明便失去了知觉。马清云皱了皱眉，手按上了东方明的额头，却几乎在同一时刻收了回来，好烫。马清云叹了口气，站起身来，道："这家伙发烧了。"王锡进耸了耸肩，道："要不我们抛下他自己前进？否则他是一个累赘。"

刘天齐道："我们赶紧去山洞那儿，那里是一个很好的藏身所。"王锡进问："啊？什么洞？"刘天齐道："墓穴。"马清云点了点头，背起东方明，一起走回洞里。马清云道："好，先把东方明放下，我们去找吃的。"

东方明睁开眼，发现周围一片漆黑，同时感觉身体极其沉重，他挣扎着坐起来，靠着墙壁，肚子很饿，好像是已经很久没有进食了。他揉了揉太阳穴，朝四周看了看，好像是之前看到的那个墓穴，如果马清云的推理不错的话，那么食物肯定就在这个洞里。东方明想站起来，然而腿此时却没有办法支撑住身体，只能一点一点地爬行。他听到了水声，情不自禁地笑了笑，手像是抓到了什么，可随后又昏了过去，高烧 40 度。

刘天齐点着火把走在前面，他没想到在那个外星基地后面还有一个通道，虽然很黑。马清云看了看手表，嗯，还有 12 个小时就可以结束了。忽然，整个通道震动了一下，听到了机关运作的声音。接着，他们的通道开始倾斜，三人脚下一没站稳，滚到了一边。

王锡进道："好家伙，各位，赶紧回去，这通道恐怕是碰到了什么机关，现在在倾斜，九十度，一百八十度，三百六十度，到时候咱恐怕要站到天花板上了。"马清云骂道："王锡进，你能别这么乌鸦嘴吗？赶紧回去。"说着，他率先爬起来，踩着旋转着的通道往回跑。

王锡进耸了耸肩，刚想爬起来，背就被人踩了一下，随后听到了一句"对不起"，然后就看到刘天齐跳到了前面。忽然，通道入口的光小了，马清云一惊，立马加速，

七、小岛游戏（下）

因为此时通道尽头的门正缓缓往下关。马清云一咬牙，再次提速，就当门只容得下半个人时，马清云滚了出去，滚到外面的同时也听到"砰"的一声，马清云转头。门关了。马清云皱了皱眉，叹了口气。其实，人一天不吃饭也是可以的，但是饥饿感会带到现实世界，所以说一日三餐这在游戏中也是必备的，但有些时候是不能吃饭的，这时候就必须得要忍着了。

马清云转过头去，走回了墓道里，看到棺材旁边，东方明的手被一个火把槽给夹住了，才明白，这个地方就是机关。他把东方明的手挪开，把火把槽推了回去。刘天齐和王锡进干脆直接在里面滚，走路还是挺耗体力的。忽然通道渐渐变回原位，不再动了。随后通道两边的门打开了，两人眼神一动，赶紧从入口出去了。马清云站在外面，笑道："东方明碰到了机关，我把它调回去了。"刘天齐问道："东方明醒了？"

马清云道："可能是醒了一下，他现在又晕了过去，而且好像……烧得更严重了。"在接触到东方明手的时候，

107

他就感觉到东方明的体温升高了，估计已经超过了 40 度，现在就看能不能坚持到游戏结束了。

东方明又一次醒来，头好疼，身体好重，感觉根本动不了，没吃东西但想吐，眼睛也不想睁开，大脑基本不能运转了。

马清云道："走吧，我们去那边看看，说不定真能找到吃的，大不了再被困住一次。"刘天齐点了点头。这时，王锡进发话了："我不去，我可不想饿着肚子到处走，我照顾伤员，你们去吧。"说完，头也不回地走向东方明。马清云无奈苦笑着摇了摇头，对刘天齐道："我们走吧。"

东方明又一次醒来，刚想动，一只手就按住了他的肩膀，就这一下令东方明难受得要死，说道："谁啊？是谁啊？"王锡进道："我是王锡进，现在你身体很烫，不要乱动，要喝水吗？虽然不知道干不干净。"东方明皱着眉翻了个身："谁啊，我现在在睡觉，别打扰我。"王锡进耸了耸肩，便不再理会东方明了，而东方明也睡着了。

马清云拿着火把走在前面，刘天齐走在后面。这时，

七、小岛游戏（下）

他们看到了前面有一个拐角，有光，两人对视一眼，马清云先走了过去，面前的一幕令他们两个惊呆了，世外桃源！那是无法用语言形容的美景，马清云用肩膀戳了一下刘天齐，刘天齐回过神来，马清云笑道："走吧，去摘水果，然后在这里集合，一起回去。"刘天齐点了点头，率先走了过去，马清云也跟着走了进去。过了一会儿，马清云先回来了，手上抱着一些水果。不一会儿，刘天齐也抱着一堆食物走了过来，两人会合后同时向对面的洞口走去。

他们没想到的是，真正的游戏，从现在才开始。

当东方明再一次醒来时，睁开眼，却看到了三个人正在吃东西。东方明下意识地用手往那边抓去，这时，其中一个人道："欸，东方明醒了，能吃东西吗？"东方明虚弱地点了点头，随后手上就被放了个东西。东方明挣扎着看去，发现是一个苹果，虽然想吃，但又想吐，这两种感觉交织在一起非常不好受。东方明一咬牙，咬了口苹果，强忍着咽了下去。不吃东西是绝对不行的，想着，又咬了一口，就这样一口一口地咬着。忽然，刘天齐皱了皱眉，道："你们发现没有？好像刚才火山没有喷发啊。"王锡进愣了愣，道："对啊，每两个小时喷发的火山没有喷发，这是怎么回事啊？"马清云皱了皱眉，道："嗯，好像确实是这样的，会不会是我们又触动了什么机关？"忽然，整个岛抖动了一下，四人一惊，感觉上这个"岛"居然在移动！

这时，一声低沉的长吟传来。刘天齐打开墓道门，发现外面多了一个高耸入云的"柱子"。刘天齐和王锡进、马清云对视一眼，马清云背上东方明，王锡进自制了一个木篓装好了水果，刘天齐把两把青铜剑拿好，就这样上路了。一路上很静，静得可怕，猴子和麒麟似乎都消失了，这一情况令走着的三人都皱了皱眉，因为一般这种都是大灾难来临前的征兆。四人来到那根柱子下，突然，整个"岛"又动了一下，四人摔在地上。

忽然，"岛"倾斜了！四人往后倒去，马清云直接一跳，然后站在一棵树上，一只手抓着树枝。这时，东方明落了下来，马清云用另一只手抓住了东方明，此时东方明再次昏迷了过去。刘天齐掉下去，他抓住一根树枝，一荡，便站了上去，转头看向上方，忽然愣住了，怎么？三个太阳？王锡进直接整个人撞到一棵树上，但他却没有任何反弹，咬着牙坐了起来。这时，又一声奇怪的鸣叫，岛又急速往下降，"砰——"的一声，没有任何花哨的就那样掉了下去，溅起的水溅了四个人一身，刘天齐突然大叫："我知道这是怎么回事了！这根本不是什么岛！而是一个动物，我们一直在动物身上！"其他人顿时醒悟，刘天齐突然蹿了出去，两把剑拿好，脚踩上"柱子"往上踏了几步，随后双手将剑插入。

接着，整个岛就开始往右翻，而刘天齐也被甩了出去，撞到了树上。一声奇怪的低吟响起。马清云看这样下去这个"岛"肯定会翻，便皱了皱眉，背上了东方明一步步踏在树上，往左边迅速移动。因为，一旦倾斜角度大于九十度，那么绝对会掉到海里去。马清云抓住了最左边的树，倾斜角度已经大于八十五度，他松了口气，背着东方明确实是很不好行动的。往下看去，发现王锡进已经掉到了海

里，而刘天齐此时站在他插进"岛"的剑上。刘天齐拔出一把剑，紧了紧拿着剑的那只手，忽然一蹦，又往上蹿了点。他随后把剑插进"岛"里去，"岛"又一次低吟，"柱子"一甩，刘天齐掉进了水里，"岛"也开始往回翻。马清云明白了，这个生物恐怕并不会把自己完全翻倒，所以随便找一棵树抓着就行了。

东方明醒了一下，抬起头，沙哑着问："怎么了？"马清云说："没事，你睡吧，这里有我就行。"

东方明颤颤地点了点头，随后又昏睡了过去。这时"岛"也落了下来，溅起了一阵水花。马清云把东方明放下，随后往那根"柱子"跑，一跳，跳到了那把剑上，又一跳，抓住了最上面的那把剑，用力一拔，随后，绿色的液体潺潺地流出。马清云知道，这可能就是这个生物的血液了，他随后跳下去，拔出了第二把剑，同样的液体流了来。马清云落到了地上，这时，火山再次喷发了……这次火山喷发得比前几次都猛，马清云皱了皱眉，背上东方明。三秒后，落水声响起，东方明一下子被呛了口水，手下意识地乱挥，最终停了下来，晕厥了过去。

"嗯？"东方明睁开了眼，发现自己在一个巨大的玻璃罐里面，他惊奇地发现自己的症状全部消失了。想了一下，恐怕是因为游戏系统错乱的原因，系统可能是因为错乱把自己安排到了另一个游戏里，可能是和另一个玩家替换了。

这时，一个声音响起："张华殇，完成了没有？"东方明一惊，果然是替换了吗？他说道："请问一下完成什么？""啊？张华殇，你的声音怎么了？"那个声音说道。东方明道："一时半会儿说不清楚，先说完成什么。""嗯？你不是知道吗？快点，时间不多了！"东方明听到这个声音差点哭了出来，道："我真不知道啊，你先告诉我完成什么？""好吧，你要打碎这个玻璃罐并且按到玻璃罐前面的那个按钮。"东方明这才发现玻璃罐上面有一个开口连接着天花板，可能那个张华殇就是从那里掉进来的。东方明苦笑了一下，用手轻轻地捶了捶这个玻璃罐，得出结论——好厚。东方明深吸口气，闭上眼睛，心中默念：游戏中的伤势不会带到现实，游戏中的伤势不会带到现实。
东方明猛地一撞，"咔嚓，砰……"他倒在地上，感觉自己已经骨折了。随后，他看到了面前的一个按钮，伸出另一只手，狠狠地按了下去。

"游戏成功，正式游戏3，团队合作：8.7分。单人功绩：9.8分。等级：A$^+$。资金：20000。备注：无。"

系统提示音响起，东方明只觉眼前一黑，再睁开时已经躺到了病床上，刚想张嘴，却发现发出的只是"咿呀"声，这才想起了游戏之前自己语言功能受阻。苦笑着摇了摇头，顺手拿了放在床头的纸和笔，写了一句话，然后按下了铃。不一会儿，一个医生就赶到了，东方明把纸翻过来给那个医生看。医生扶了下眼镜，然后从口袋中拿出一个玻璃一样的东西，双手拉伸放大，然后在上面点了几下，道："找刘天齐啊……他现在在一楼二号病房，要我叫他上来吗？"东方明点了点头，医生出去后，东方明便匆匆地在纸上写了些什么。

八、反击

　　刘天齐到了东方明的病房，问道："嗯，有什么事吗？"东方明把纸给他看，刘天齐才看了一下，眼神中就出现了一丝复杂的情绪，道："你，真的确定要这样做吗？这已经算是在公然与游戏对抗了。"东方明又扯了张纸，写道："你似乎，已经在与游戏对抗了吧。"刘天齐眼睛微微一动，东方明继续写道："你是不是在潜移默化地篡改系统？我当时就觉得奇怪，为什么你能蹦那么高，还有马清云也是，马清云甚至可以背着我健步如飞，这就很能说明问题了。而他应该还不知道游戏的秘密，所以修改的，也就只有可能是你。"刘天齐沉默了一下，道："我觉得，马清云是管理员。"东方明愣住了。

刘天齐继续道："我曾试图入侵游戏电脑主机，但是我发现，入侵到百分之八十就不再动了，这说明游戏恐怕没有我们想象的那么简单。然而马清云，我背着一个人都不一定可以做到那样，更别说他了，你说是吧？而且，这几次谜题基本都是他破解的，一般人根本想不到那里去。而且你发现没有，那个在基地里跟着我们的光屏，马清云似乎会用，连我都不怎么会的东西，他怎么会的？"

东方明沉默了，他虽然曾怀疑过，但不愿意往那上面想，可是，这次恐怕是必须得直面这个极有可能的事实了……东方明写下了一行字："让我先静静。"刘天齐点了点头，走了出去，东方明望着医院前的那棵树，陷入了沉思。

马清云此时正坐在家中，这次游戏王锡进死了，然而，为什么会死？按理说他的身份应该是不会死的啊？这个游戏究竟想干什么？马清云不知不觉中皱起了眉。

这时，电话响了，打断了马清云的思路，他揉了揉太阳穴，接了起来。"喂，请问是马清云吗？"电话那头问道，马清云道："嗯，是我，请问有什么事吗？""东方明叫你去他那里一下。"话毕，对方就挂了。

马清云刚想走，突然愣了愣，最后苦笑了一下，继续走，中途打了个电话订了星际客车的票。马清云下了车，走到东方明的住所，拿起语音记录系统道："我是马清云，东方明你找我吗？"

门开了，马清云愣了一下，道："欸，刘天齐？你怎么在这儿？"刘天齐道："东方明出了点事，来，跟我走。"说着，便按了电梯，两人下了楼。刘天齐打开了主驾驶位的车门，坐了进去，马清云坐进了副驾驶位，车开了，马清云问："东方明他怎么了？刚刚不还是好好的在游戏里吗？"

刘天齐道："在游戏里最后他发烧了好不好，不过，东方明他出车祸了，现在语言功能受阻。"马清云"哦"

了一声，便不再说话了。到了医院，马清云走在刘天齐的后面，进了东方明的病房，东方明看到刘天齐身后的马清云，笑了："看来，还没有想象的那么糟糕。"

东方明没有说话，把手上的纸递给马清云，马清云看到纸上写着："要加入我们吗？"马清云一愣，道："加入？加入什么？"这时，一个声音从门外响起："加入我们撤销掉游戏的阴谋。"马清云转过头去，甄逸站在门前正在微笑。马清云疑惑地问道："游戏有什么阴谋？我怎么没感觉到？"

甄逸道："这个不能说，游戏会要了我们的命。但是我可以告诉你，游戏，恐怕不只是为了给你钱这么简单，给你钱是为了什么？还不是为了科研？"马清云眼神微微一动，道："你的意思是……难道说，窃取？"甄逸点了点头，道："没错，悟性不错，我们刚刚做了一个测试，证明了你不是管理员才敢跟你说的，要加入我们吗？"

马清云低下了头，像是在思考，几秒后，他抬起头，道："好，我答应你们。"甄逸笑道："欢迎加入。"

东方明望着窗外的大树，笑了，不就是能够读取思想吗？我让你读，慢慢读，就算你知道了我们的计划，也阻止不了我们的行动。

马清云道："为了表示诚意，我决定把我知道的一个管理员告诉大家。"看到大家的注意力一下子被吸引了过来，马清云道："那就是刚死了的王锡进。"

此言一出，所有人都惊讶了，其中，东方明和刘天齐的反应最为强烈。马清云道："我仔细研究过，王锡进一共经历过二十二场游戏，但是以他在这场游戏中的表现来看，他并没有多少的生存技能，但为什么可以存活这么多场？我觉得可能就是因为他是管理员。"东方明做了一个停的手势，随后写了行字："可是，你说他这场死了，既然死了，那还怎么可能是管理员呢？"马清云道："我觉得，有可能是因为游戏不再需要他了。"忽然，在这个病房里的四个人同时听到了一个声音："王锡进管理员已阵亡，现在管理员十一个。"

马清云笑着耸了耸肩，不再说话了，东方明却皱起了眉，管理员之前不就是十一个吗？怎么死了一个还剩下十一个啊。刘天齐问道："难道说，管理员死亡通报是有延迟的吗？"甄逸想了想，道："嗯，好像是，他是跟你们一场游戏的吧？"刘天齐点了点头。这时，东方明把刚写好的纸条翻过来，大家看到："对了，刘天齐、马清云，你们是怎么通过这场游戏的啊？"马清云道："当时看你掉在水里久久没有起来吓了一跳，赶紧下去找，后来找不到你我以为你死了，就平复了一下心情，没有再找了。然后就看见那个'岛'一样的生物的头低了下来，刘天齐就在上面，刘天齐当时就拿着两把剑，他就拿着那两把剑刺进了那个生物的头，杀死了那头生物。原来那'岛'是最大威胁，游戏规定'生存一天即可获胜'，现在消灭了最大威胁，所以就算提前胜利了，就从游戏中出来了。"

东方明点了点头，这个游戏似乎还有很多东西没有被发掘到啊，看来那个系统错乱替换的张华殇可能是出游戏了。刘天齐点点头，示意马清云说的就是正确的。东方明躺下，写了一行字："好了，大家都去休息吧，好好休息，

121

准备下一场游戏，同时想一下该怎么搞定游戏。"

其余的人都出去了，东方明闭上了眼睛，理了一遍所有的事情后，睁开了眼，看着天花板，总觉得好像这款游戏还有很多的谜团。他摇了摇头，转头，睡着了。

"还有十分钟进入游戏。"东方明一惊，睁开了眼睛，转头看向时间，发现才过了 7 个小时。东方明皱了皱眉，系统不会错乱到这种程度吧？这太反常了，恐怕这是对组队的惩罚吧。"还有五分钟进入游戏。"东方明咽了口口水，干脆闭上了眼睛。

"进入游戏。"

忽然，东方明只觉眼前灯光一闪，发现自己此时在一艘船上。当他定睛看去时，差点惊呼出声了，因为，此时他旁边有三艘小船，上面坐着的人分别是：甄逸、刘天齐、马清云。这时，系统提示音响起："本次游戏为个人竞技，谁先划到终点算谁赢。"东方明暗骂一声，这摆明了是要搞内部分裂的，东方明道："嘿，各位，我们是一个集体，要不我们同时冲线吧，看哪个运气好。"马清云道："好，这个我同意，没问题。"

刘天齐点了点头，也算同意了，甄逸看着他们两个人都同意了，道："那好吧，其实我是想要真正地比一场的，那既然这样的话，我们就按照东方明说的方法做吧。"于是，四人同时到达终点，这场游戏就这样迅速结束了。

此时，谢林心躺在床上，突然睁开了眼，坐起来，喃喃道："怎么？这么齐心吗？"她皱了皱眉，又躺了下去，转头看向窗外……

东方明伸了个懒腰，从床上起来。这次的游戏也确实是给东方明他们提了个醒，那就是游戏可以随意地安排人、时间和关卡。也就是说，就算人再多，让你一次性到一个游戏里，一次性全部死绝都行，这也就为"起义"增加了很多难度。

曾志康此时在家中，站起来，又坐了下去，反复了几次后，似乎是下定了决心，拿起电话，打了过去。

甄逸此时在病房中百无聊赖，忽然接到了一个电话，拿起来，发现是曾志康打过来的。"喂，老曾啊，找我有什么事吗？"由于只是在出租车上遇到的，所以双方还没有太熟，曾志康说道："那个，小甄啊，请问东方明是在你的医院吗？"甄逸愣了愣，道："嗯，是的，找他有事吗？"曾志康道："嗯，有点事情要告诉他。""好的，请稍等。"甄逸把手机拿上了三楼，走进东方明的病房，发现他已经坐了起来，看着窗外似乎是在想事情。感觉到甄逸的到来，他收回目光，看向甄逸。甄逸道："那个，有人找你，曾志康你认识吗？"东方明点点头，示意甄逸把电话给他。

东方明把手机放到了耳边，曾志康道："东方明，我不知道你们组队是不是正确的，你不用说话，听我慢慢说，听完后不要激动，因为那时候，我离死亡也不远了。"东方明的眼神微微地动了一下，什么也没说。"我是管理员，准确地说，是新任的管理员。我跟你讲一下这个游戏为什么可以随时随地进入，这是因为，时间既然是量子化的，那么我们人不也可以量子化吗？谢林心，另一个管理员，就是利用这个特性可以随时随地在游戏中转移物体。所以说游戏只不过可能是创造了一个巨大的转移器，有可能就是转移到了另一个星球上，当然，也有可能确实是在游戏里，我个人比较偏向第二种。"东方明微微皱起了眉，如果说是第一种情况的话，系统错乱基本不可能成立，那为什么水温会那么低，而且自己会被转移走？这是一个非常重要的问题，这么说的话可能就是第二种了。

"这个游戏的目的你们也猜到了，不错，游戏它的特性就是可以读取人的脑电波达到窥窃秘密的功能。人脑与游戏连接，第一次试炼关卡就已经将这个'种子'植入到了你的脑海里，所以说他们可以窥探到你在想什么，这将会给你们的任务增加非常大的难度。试炼关卡进入游戏后的纸也可能是因为转移器转移到人的手上，也许你想问为什么我会告诉你……"

曾志康深吸口气，心想："因为，我曾试图抵抗过。"东方明愣住了，曾志康道："之前我就怀疑这个游戏的目的，后来肯定了，于是就开始反抗。时间的量子化也确实是我发现的，但是他剽窃去用……"

东方明完全震惊了，心想："这个游戏的幕后，难道就是……""是的，他就是，吴浩泽。"这个消息宛如惊雷一般在东方明耳旁炸开，他腿软了一下，把手扶住病床才没倒下去。

他想起来马清云有一次曾重点提到过曾志康和吴浩泽两个人，却没往这方面去想。如果这么说的话，马清云他肯定知道内幕，知道内幕的就只有两种人：第一种，知道吴浩泽的计划、了解吴浩泽这个人且明白是吴浩泽在操控的人，这一种基本是不可能的，这么久了也就知道曾志康是在获得管理员之前知道的；那么第二种就是：管理员！

"东方明，我知道这个令你很难相信，但这就是事实，一个毋庸置疑的事实。现在我在监视你的脑电波，知道你在想什么，你也可以用脑电波跟我交流，不过我估计我在下一场游戏的时候就会死了，毕竟吴浩泽是会监视到你的脑电波的，等他听到这段记录的时候估计我就完了。现在，告诉你所有的管理员：我、谢林心、吴浩泽、马清云、宋浩然、李岚、冯浩峰（东方明皱了皱眉，冯浩峰？之前我

八、反击

遇到过的那个拳击手是吧？），没错，就是那个拳击手，还有其他的人就是梁祝荣、邓凌逸、张然和夏兴国，其中，组织者是吴浩泽。好了，我要进入游戏了，再见。"接着，曾志康就挂断了电话。

九、选择

　　东方明放下电话，静静地思索着曾志康说的话，似乎一切都解开了，但自己却又似乎只看到了这场阴谋的冰山一角。他扶住了额头，这究竟是一种什么样的感觉，抬头望天，诺海星渐渐靠近，人造太阳静静地悬浮在距地面几万公里的天空上。他摇了摇头，躺到了床上，试图厘清一点思路，却发现自己此时的脑海里一直回响着一个问题：为什么马清云是管理员？为什么马清云是管理员！为什么……

　　吴浩泽此时坐在椅子上闭目养神，忽然，他睁开了眼睛，眼里一道精光闪过，嘴角抽动了一下，站了起来，随后消失不见。

　　东方明突然感到大脑一阵眩晕，闭上了眼，突然听到一个声音："呵，你全都知道了啊。"东方明一惊，睁开了眼，发现自己此时并不在病床上，而是在一个密闭的黑色空间里，但是周围悬浮着一些画面，在他面前有一个人：吴浩泽。

　　东方明张了张嘴，并没有说些什么，但是他的怒火已经在眼神中完全地体现了出来。吴浩泽也没有了往日的热心，取而代之的是一片冰冷，他道："你现在可以说话了，这是在游戏的空间里。"东方明定在了原地，突然，拳头闪电般地挥出，瞄准的是吴浩泽的脸。

　　吴浩泽依旧静静地站在那里，东方明的拳头触碰到了他，突然感到不对，吴浩泽就像是空气一样。东方明穿透了吴浩泽，踉跄了几步，转过头来，吴浩泽依旧是站在那里，吴浩泽道："呵，你是打不到我也打不败我的，这里是游戏的终端处理器，所有的游戏画面都会在这里显示……这是曾志康。"

东方明看到一个画面飘到了他的面前，曾志康的脸出现在上面，他在一个房间里，房间的外面似乎有很多"人"。吴浩泽顿了一下，道："他这次的游戏没有任何其他的人，就他一个人，这次游戏背景设置在僵尸危机爆发后，他的任务就是要找到'种子'并且净化它。现在你有两个选择：一、变成管理员，曾志康会死亡；二、不变管理员，你会死亡。选择吧，你有十五分钟。"吴浩泽刚说完，东方明的眼前多了一个倒计时：14:59。

东方明眼神呆滞了，躺倒在一旁。曾志康似乎感觉到了什么，在房子里找到了纸和笔，写道："不要管我，管理员很好。"吴浩泽看到这个，扑哧一声笑了出来，道："你看，他都让你选择管理员了，你当然不用担心他的安全了，你要成为管理员吗？而且成为管理员后思维是不会被监控的，进入时间可以你自己定。"东方明思索了一阵，咬了咬牙，说出了两个字。

　　"好，成！"东方明说出这两个字的同时，就看到画面里的门被冲开了，一大堆僵尸奔涌而入，曾志康在尸海中被淹没了。东方明松了口气，因为刚刚曾志康传达了一个讯息给东方明，而且似乎没有被吴浩泽监视到。在数以万计的脑电波中，这只是其中的一小段，可就是这一小段，就可能会令东方明他们成功。

　　吴浩泽笑了，点了点头，道："好，现在你的脑电波是不会被监控了，但是，你千万不要以为你跟其他人的聊天我就不会知道，别忘了其他玩家的脑电波也是会被监视的。"东方明心里冷笑了一下：呵呵，这就是你走错的一步棋。

　　东方明道："是，吴浩泽阁下。"吴浩泽微微一笑，道："现在你去碧云星梦寐街，尽头有一家咖啡店，你去那里，我有事找你。"

　　东方明听完，大脑突然一阵眩晕，再睁开眼时，发现自己躺在病床上。他立即按下呼叫按钮，一个医生走进来，道："东方明管理员，您好，已经帮您订好了星球客车的票，现在出发吗？"东方明点了点头。原来这个医生是吴浩泽安排的眼线，他得到吴浩泽通知，提前给东方明订了票。

24 个小时后，东方明到达了碧云星。碧云星如同它的名字一样漂亮、繁华，既是旅游胜地，也是多数人安居的好地方。碧云星很大，据说到现在都还没有开发完。不过，东方明知道自己没有时间去碧云星的各地旅游，匆匆地打了个车赶往梦寐街。

到达梦寐街，付了钱后往街内走。走了大概十分钟，看到了一个大大的咖啡厅，他微微一笑，加快了脚步。东方明推开咖啡厅的门，吴浩泽坐在最显眼的位置，以至于东方明第一眼就看到了他。吴浩泽对着东方明笑了笑，一口气喝完了杯中的东西，站起身来，走向东方明，道："这里是我开的一家店，不过这只是个伪装，跟我来。"说着，带着东方明走进了一个包间里。

"这个包间是空的，从来没有客人来过这里，因为这里守护着的是我最大的秘密。"说完，吴浩泽按了一下桌子，桌子的四个角陷入了地板。接着吴浩泽转动了桌子，当他停下时，东方明就听到轻微的机关声，桌子下面的地板顿时往一旁打开，露出了底下的一个地道。吴浩泽拍了拍东方明，率先进入桌子底下，沿着梯子爬了下去，东方明略微迟疑了一下，跟着吴浩泽进去了。

东方明看着地下黑黝黝的一片，忽然听到一声吟叫，微微一愣，随后全身汗毛都竖了起来，这声音他听到过。

麒麟！吴浩泽看到东方明不爬了，微微一笑，道："没错，就是你们上次遇到的麒麟，不过我比较喜欢称它们为元素兽，因为它们可以喷出四种元素。它们一共有四个肺，并且靠肺呼吸和消化食物。一个肺储存水；一个肺温度很高，可以把食物以火的方式喷出；一个肺吞食泥土，可以极速喷出泥土；一个肺吃树叶、果实，它们会留下种子从肺里反呕出播种。它们的智商非常高，恐怕可以和十多岁的小孩比。"

东方明皱了皱眉，不过什么都没说，一股不祥的预感油然而生。忽然，只听"砰——"的一声，吴浩泽示意东方明稍安勿躁，道："没事，他们经常这样，每天都起码得要撞十多次，铁笼够牢固……刚才在终端处理器的时候我已经帮你治愈了，大脑的损伤在游戏里比较容易处理，你可以说话了。"东方明听到，微微一愣，"啊"了一声，发现自己确实是可以说话了，于是道："你，有测试过它们的智商吗？"吴浩泽道："没有，因为它们在测试的时候会全力抵抗，限制器根本没有办法限制住它们。"

东方明皱了皱眉，道："但是，也许，它们的智商不止这么点呢？"吴浩泽笑道："没事，铁笼够牢固。"东方明摇了摇头，不再说话了，因为他突然感觉到面前的人是一个疯子。

到了地下，灯忽然一下亮了起来，东方明发现面前的两旁全都是笼子，每个笼子里面都是"麒麟"这种生物。麒麟看到了东方明他们，吼叫得更加厉害了。吴浩泽说道："我们给它们的食物都是液体，也就是说它们并不会把食物储存到'火'的那个肺里。"

东方明毕竟还是个科学家，忍不住问道："这些东西是怎么创造出来的？"吴浩泽道："转基因啊，我借鉴了一个人的创意，依靠自己的资金创造了第一批的元素兽……你们遇到的就是第一批元素兽模拟形态，后来渐渐改良就成现在这样了。"东方明看着面前的这些"麒麟"，发现确实和自己遇到的有些不同，东方明又问道："那……你创造出这些来是要干什么？"吴浩泽嘴角冷笑了一下，道："诺贝尔生理学奖，还有，统治世界。"

东方明听到第一个还好，听到第二个，身体不自觉地抖动了一下。吴浩泽道："没事，到时候你们管理员，就是'一人之下万万人之上'的角色，除了我，其他人都得要听你们的。"东方明挤出一丝笑容，点了点头，道："嗯，好的，等到时候吧。"他现在想的是麒麟的智商问题。

东方明问道："你认为，它们真的不可能冲破笼子吗？你每天是怎么喂食的？"吴浩泽道："每天都会打开天花板，用绳子把液体空降下来。"东方明又问道："那，他们不会抓住绳子爬上来吗？"吴浩泽道："肯定不会，我难道感应不到重力的增减吗？"东方明点了点头，这样看来确实是万无一失的，但他总有一种不祥的预感，可是种种可能都被排除了，到底，是什么呢？

东方明就这样走着，问道："吴浩泽，你知道怎么驯化他们？"吴浩泽摇了摇头，道："不知道，它们的智商都太高了，知道我们没有办法威胁到它们。"东方明皱起了眉，道："那这么说的话，岂不是浪费了资源吗？"吴浩泽笑道："呵，最起码能得个诺贝尔生理学奖，统治世界也就只是说说而已，那么多星球管理不过来。"说完，还耸了耸肩，东方明点了点头。东方明暗想：他说"想统治世界是开玩笑"，这是为了麻痹我而已，他一定是想统治世界想疯了，要不造这么多 "麒麟"干什么？他通过游戏可以控制所有各行各业他想控制的人，再通过"麒麟"这种恐怖生物来维持秩序，他真是个危险人物，若他得逞，一定会让世界陷入水深火热。想到此，东方明更加坚定了一定要阻止他的决心！

吴浩泽道："嗯，就先这样吧，你先走吧，我在这里还有点事。"东方明点点头，他一刻也不想在这个充斥着麒麟吟叫的地方多呆了，马上就沿着梯子走了上去，同时转头说了声再见。

　　东方明走后，吴浩泽的眼神变凝重了。忽然，一个人影出现在阴影下："为什么要安排一个这么危险的人物在身边？"吴浩泽冷笑了一下，道："东方明是个善于动脑筋的人，我想拉他入伙，让他逐步看到我们的厉害，最后会完全站在我们这一边。没事，就算我们无法连接到他的脑电波，我们还可以知道他队友的思想。"

　　在阴影下的人走了出来，问道："查清楚为什么突然没办法连接到东方明的脑电波了吗？"吴浩泽转过头去，笑着说："这不是应该你们查的吗？""呵呵。"这人是谢林心，她耸了耸肩，道："我觉得有可能是他的基因链有些问题，和电脑排斥的话，确实有可能会这样，但是这时突然连接不到了，我怀疑最有可能的原因就是有人人为地对他的大脑进行了加密，可以让其他人多查查。"说完，便又消失了。吴浩泽的眼神冷了下来，别人？呵呵，只是工具罢了。

九、选择

东方明回了家。忽然，电话响了，东方明看了一眼：陌生电话。他很自然地接了起来，"喂，您好？"这时，电话里响起了熟悉的声音："嗨，东方明，怎样，成为管理员了不？"东方明心中一惊，差点没把手机扔出去，声音微微有点发颤："你……还没死？""哈哈，我怎么会那么快就死了呢，虽然被僵尸撕咬的感觉还是很难受的，但是我已经找到系统漏洞了，死的是另外一个人，同时我也可以确定，系统真的是游戏了。"

东方明微微皱了皱眉，道："但是，什么漏洞？""最近被拉入这个游戏的人太多了，于是系统会混乱，借助混乱的一瞬间替换，被僵尸淹没的实际上是另一个人。"曾志康说的时候还有一点小得意。

东方明松了口气，问道："那，系统应该还会有你的名字啊？"曾志康道："嘿嘿，系统错乱了，但是游戏还是会登记我的名字的，也就是说，在系统那边'死亡'的是我。"东方明又道："但是，那你现在在系统那边用的岂不是错乱过来的人吗？"曾志康道："不，系统连接不

139

到他，也连接不到我。""哦，那就这样了，拜拜。""嗯，
拜。"挂断了电话，东方明发现曾志康是一个很机智的人，
队伍有了他应该会是如虎添翼。

十、决裂

忽然，马清云打了个电话过来，东方明迟疑了一下，随后接通了："喂？""东方明，你，加入管理员了？"马清云问道，东方明"嗯"了一句。马清云问："那，你知道麒麟的事了吗？""嗯。"东方明不咸不淡地说。"欸，东方明你怎么了？""我怎么了，你为什么一直没有告诉我你是管理员？"东方明冷笑了一下，问。"我不是故意的，因为我知道，如果我说了的话，你们是不会让我加入的！"马清云明显有些着急，东方明道："可是诚实点不是会更好吗？你现在很像打入敌人内部的间谍，你知道吗？我们测试的时候你肯定窥视到了我们的脑电波，所以才成功地避开了所有人的眼睛。"东方明略微冷静了一下，分析道。

马清云道："不，我们无法看到你的脑电波，你的大脑周围仿佛有一个密码，根本没办法看到你的脑电波。"

东方明笑道："你以为我还会相信你吗？就这样吧，拜。"说完，便挂了电话。马清云拿着电话发了会儿呆，随后苦笑着放下了手机。

突然，"轰——"，东方明一惊，房子的窗户全碎了，东方明被气流吹得撞到了墙上，感觉五脏六腑都要被震碎了，吐了口血，蜷曲地倒在地上，家里的电器全被震坏，随后听到了消防车的声音，晕了过去。当他再醒来时，发现自己躺在一个临时搭建的大棚里，耳朵边还残留着嗡嗡声，但还可以听到旁边人的谈话。

"哎呀，听说这次爆炸死了很多人哪。""嗯，是啊是啊，我们还能活下来已经是很幸运了啊，幸好离震源远。""嗯，没错啊，不过话说那个医院怎么搞的啊，怎么突然一下就

爆炸了？""我怎么知道，唉，只能感叹人生无常吧。""嗯，
是啊。"

东方明一惊，道："医院爆炸了？哪个医院？"邻床
的人答道："哦，第一人民医院啊，怎么了？"东方明赶
紧用没有插针管的手摸到了手机，却发现手机开不了机，
他一怒之下把手机摔在地上。周围的人全都震惊地望着他，
东方明深吸口气，躺了下来，他想起来甄逸和刘天齐还在
里面，不知道他们两个怎么样了……

晚上，东方明闭着眼睛，却根本睡不着。马清云刚打
完电话医院就爆炸了，绝不是偶然，难道医院就是他炸的，
他为什么要这样？是因为吴浩泽命令他吗……东方明想得
心烦意乱，索性不再想了，转了个身就准备睡觉。突然，
"叮"的一声，东方明吓得一下子坐了起来，发现自己的
手机亮了，他皱了皱眉，不是已经坏了吗？原本准备出了
这个大棚就扔了的，不过现在看起来似乎这个手机还有些
用。他看着手机，发现在布满裂痕的屏幕后面有一行字：
您有一条新短信。

　　东方明试着点了一下，看起来触屏还没坏，短信内容：小心，下一个炸的是大棚，凌晨 1:30。东方明皱了皱眉，不知真假，看向时间，现在是凌晨 1:20，也就是说只剩下 10 分钟了。东方明暗叫糟糕，因为他知道这个大棚里除了他是轻伤员，其他人都是重伤员，他们根本没办法自己跑；而且即便自己大喊，其他人也未必相信；叫医院其他人来帮忙也来不及了，这是深夜，医院值班的人很少。东方明焦急万分，怎么办？怎么办？此时他脑筋激灵一闪，容不得自己多想，只有想办法找到炸弹！想到这里，东方明下了床，幸亏四肢基本正常，自由行走还是可以的。

　　那要怎么找到呢？东方明环视大棚，这里基本没什么可以藏东西的地方，到处都是床。再看向大棚的上方，支撑架没有什么可疑的地方，那究竟会在哪儿呢？看着满满的床上一个个熟睡的面庞，他揉了揉太阳穴，似乎已经听到了定时炸弹的"滴答"声，就在那里愣了一会儿，然后明白那是自己的幻觉。此时，他感觉自己几乎不可能找到定时炸弹。

东方明苦笑着摇了摇头，随后走出了大棚，坐在大棚的外面。东方明看向时间，还有五分钟就要爆炸了，他仍在努力思索炸弹最可能的放置点……就在这时，东方明忽然发现一个黑影悄悄地走了出来，走进草丛中消失不见了。东方明猛然明白了，这人便是放炸弹的凶手，炸弹最有可能放在他的床上。东方明猛地冲进大棚，里面只有两个空床，一个是自己的，一个是凶手的。他急冲到那人空出的床，很容易就找到了炸弹，马上抱着炸弹用尽全力往外跑。

跑到离大棚100米远的草地上时，他用力把炸弹抛出去，紧接着，就看到一条优美的弧线。随后，在弧线的尽头，一声巨响，一朵烟花绽放……东方明松了口气……

东方明躺回自己的床位，长长地呼出一口气，闭上了眼睛，索性什么也不想，睡着了。"滴滴滴，滴滴滴。"熟悉的声音响起，东方明闭着眼睛皱了下眉，随后睁开了眼，点开了手机短信，用蒙眬的眼睛看向短信，瞬间睡意全无：甄逸死亡，刘天齐残废。东方明瞬间慌了，赶紧打

了个电话。"对不起，您所拨打的电话是空号，请稍后再拨。"

东方明把拿手机的手猛地抬了起来，随后无力地摊了下去，手机号码和主人是关联的，主人如果死亡的话，手机号码会在数据库中被删除……

东方明咬了咬牙，已经牺牲了一个人了，一定要将革命进行到底，为他报仇。以前好像有一位名人说过："敌人有的，我们要有，敌人没有的，我们也要有。原子弹要有，氢弹也要快。管他什么国，管他什么弹，原子弹、氢弹，我们都要超过。"你不是有主宰我们的权力吗？你不就是有炸弹吗？以为我们做不到吗？呵呵，等着吧，今天你给我泼的冷水，明天我一定烧开了泼回去。不是东风压倒西风，就是西风压倒东风。东方明冷笑了一下，看来，真的是要开始行动了啊！还有一个疑点，发短信的人，究竟是谁？

东方明又打通了曾志康的电话，现在思维没有被监控的就他们两个，而既然资料库里没有曾志康的话，那么这个游戏也不能明言，意会就好了。"喂？是东方明吗？"
电话对面传来曾志康的声音，东方明道："嗯，是我，你
听说医院爆炸的事情了吧？""嗯，听说了，有什么问题
吗？""我需要你帮我制造武器。""哦，其他人会来
吗？""不，现在思维没有被监控的就你我两个，也就是说，
就只有我们两个可以完成这个任务。"东方明无奈地说。

　　曾志康说道："等等，我觉得我们可以直接从网上购
买一些武器。"东方明摇了摇头，道："你知道哪些网站
可以买枪吗？"曾志康笑了笑，道："可以从国外的渠道
进口啊，我记得有些国家是没有枪支管制的。""嗯……
这不失为一种办法，那你就负责在网上购买吧，我负责打
入敌人内部。""嗯，好。"打完这个电话，东方明立即
又打了一个电话，过了一会儿，一个沙哑的声音接起了电
话："喂？东方明？"东方明问道："你，没事吧？""嗯，
也就一只手断了而已，你没事吧？"东方明不禁有些感触，
也就一只手断了……

　　东方明道："嗯，没事就好……你能帮我收集到所有

玩家的姓名、住址和手机号码吗？""嗯，应该可以，给我一周时间给你收集过来。""嗯……辛苦了。""没事，我人际关系较广，收集这些东西还比较容易，没其他事情我就先挂了啊。""嗯，好，拜拜。"打完这两个电话，东方明伸了个懒腰，计划已经全面开始实行了，希望不要出什么差错才好。

忽然，手机响了，东方明赶紧点开手机：马清云可信。东方明皱了皱眉，马清云可信？怎么可能？东方明把枕头换了一面，之前的那一面太热了，同时东方明也在思考：马清云真的可信吗？要是这个短信就是马清云发过来的呢？可是假如是他发过来的，这些短信已经连续告诉自己很多东西了，而且都是正确的，那岂不是就是说马清云把内幕都告诉自己了吗？那不就又证明马清云是可信的吗？但假如不是他，那这个短信背后的"他"也不会这么无聊，说马清云可信肯定是有根据的……东方明感觉自己似乎陷入了一个思维的死循环，而所有的方向，都指向一个：马清云可信。

在冥思苦想之际，突然，东方明又收到了一条短信：后天凌晨三点你将会被刺杀。东方明身体震颤了一下，不由得眉头紧锁，当务之急，是要先拯救自己！暂时先不去想马清云的事情了。想着，他打出了两个电话……

第二天中午，东方明出了大棚，看了看表，自己还有15个小时准备，不觉中脚上加了速度。到了一棵大榕树下，东方明发现曾志康已经到那里了。他刚到，曾志康就焦急地问："怎么了？你要被刺杀了？"

东方明点点头，把短信出示给他看，曾志康沉默了一下，问道："你认为，这个短信的可信度是几成？"东方明想了想，道："九成。"曾志康道："话说你告诉刘天齐真的行吗？假如说这是……游戏要刺杀你，那么岂不是告诉刘天齐就暴露了？他的脑电波可是被监控了。"东方明笑道："我就告诉了刘天齐明天凌晨三点要找个地方隐藏并掩护好我，我可没说会怎样做。"

曾志康点点头，道："对了，我在成为管理员的时候，给你的大脑进行了加密。"东方明有些疑惑："什

　　么，加密？"曾志康道："大脑加密啊，玩这个游戏的人的大脑信息都会毫无保留地暴露在管理员面前，但是我就在他们连接你大脑的路上增加了一个密码……就是说信息在那里就被锁住了，不会再往中枢输入你的思想信息，而我知道密码，所以那时我才能让你用你的脑电波跟我对话。"　说完，曾志康有些得意，东方明笑了笑，论耍小聪明曾志康恐怕是一个典范。

　　东方明道："好了，都去准备一下吧，你的东西几时到？"曾志康看了看表，道："嗯……大概还有两个小时，布置哪里为战场？"东方明笑道："隆盛图书馆，距离市区较远，车流量少，距离其他星球也较远，而且最重要的是它在一个相对比较空旷的地方，而且是密闭的。每天晚上 11 点关门，11 点之后我们有四个小时的时间进行布置，我们两人分工进行。刘天齐隐藏在离我十米以内，随时保护我的安全，这样的话我们就多了一分胜算，你觉得怎样？"

　　曾志康点点头，"就现在看来确实是最好的办法。"

　　距离刺杀还剩下 12 个小时，东方明走出了门，回到榕树那儿。等了一会儿，刘天齐赶了过来，又一会儿，曾志康背着个包，手上拿着一个黑色的袋子走了过来。他把袋子往地下一放，几个"棒棒糖"就露了出来，曾志康笑道："五岭星运过来的，那里没有管制。"说着，翻了翻背包，把一把透明的、像剑一样的东西递给只有一只手的刘天齐，道："你的，质感跟钢铁一样，你用着应该会很顺手，我这里准备了三把，你看你要不要都拿着，还是只要一个。"刘天齐道："一个，只有一只手。"

　　东方明拿起一根"棒棒糖"，问道："这是什么？"曾志康笑道："手雷啊，拆开包装，舔一口，随后抛出去就会爆炸，特别好用。"曾志康又似笑非笑道："当然，这东西也可以吃完，只要一直含在嘴里不拿出来，这东西是不会爆炸的，如果吃进去，其中的东西还可以被消化后排出，也不会爆炸。"东方明瞬间无语……这，世界之大，无奇不有，无奇不有……刘天齐手抬了起来，从一打手雷下面抽出了一个中间是空心的、后面被封住了，同时还有一个像按钮的东西，疑惑地望向曾志康。曾志康道："哦，这个是枪，代号'竹筒'。"说着，把背包背在前面，在袋里翻了翻，翻出了一个长筒形的东西，里面还有液体在流动，曾志康又道："你看，这个是枪，把这个子弹放到枪里面，记住要倒在最里面，会听到'咔'的一声，然后按下按钮，子弹就会自动飞出，撞到人身上人是必死的，因为这个里面放置的是曼陀罗花的毒液——地球上的一种毒花，撞到人后这个毒液自动喷出。就是这样，但是不推荐常用，因为一次就只能上膛一个。我们有三把这样的枪，事先装好子弹，到需要时可直接射击。"接着，曾志康把其他武器也介绍了一遍。

距离刺杀 11 小时，三人都在调整自己的最佳状态。

距离刺杀 5 小时，三人背着三个大包进图书馆，看书。

距离刺杀 4 小时，避开所有工作人员，入侵所有摄像头，将摄像头的摄影定格在人全走的那一时刻。

距离刺杀 3 小时，"'叶子'先不放在这里吧？嗯，对，一会儿再看叶子。""'竹筒'先全部上膛，'棒棒糖'别拆包装。""刘天齐,你的那一个'水晶'拿好了吧?嗯,曾志康你也拿一个吧。""把'镰刀'在我周围布置一圈,我就不脱离这个位置了。""'海星'黏到每面墙上,门上也弄一点。"以上全都是各式高科技武器的代号,其中重点介绍一下"镰刀",这镰刀上有一个按钮,激活后就会释放出长1米、宽20厘米、高5米的红光,红光温度超过3000摄氏度,但离开红光1厘米的地方空气温度便是常温。现在东方明把自己的周围布置了一圈镰刀,其实是给自己设置了一个堪称绝对安全的圈,试想有什么人或东西能经过这个红光而不被熔化呢?

距离刺杀一小时,东方明激活"镰刀",盘腿坐在一楼的四道红光之内,安静地读书;刘天齐在二楼把玩着手上的一把刀;曾志康手上拿着"竹筒"守在三楼。

距离刺杀三分钟,东方明深吸口气,站起来,心脏不自觉地加速了。刘天齐握了握手上的刀,暂时还没发现什么异常。

十一、刺杀

"砰！滴滴滴，滴滴滴……""轰——"

在图书馆内，东方明他们在许多地方布置了五角星警报器，每个警报器上面放着一杯水，在地上粘了些"棒棒糖"炸弹。警报器发出警报必会产生振动，水杯掉下去水会洒出来，水洒出来必会溅到一些"棒棒糖"炸弹，炸弹就会爆炸。

"三楼！"刘天齐喊道，曾志康愣了愣，随后握紧了手上的枪（圆筒形发射器，代号：竹筒）。忽然，一个黑影闪过，曾志康一惊，立即开了一枪，子弹无声无息地扎到了墙壁上。刘天齐踩在栏杆上，一蹦，抓住三楼的扶手，一转身便到了三楼，他握紧了手上的剑。曾志康再次把枪上膛，他不擅长用剑。刘天齐小声道："这个人恐怕是个高手，刚才我都没看到他的移动路线是什么，而且他现在还能如此行动迅捷，恐怕当时的炸弹是没有炸到他的……等等，东方明小心！"喊出了最后一句话，刘天齐飞身跳下一楼。

忽然，东方明看到一把剑，进入了红光范围，瞬间气化，化为缕缕白烟，而眼前却没有一个人，吓得他把手中的书抛了过去，书也在两个红光间被气化了。四个红光的热度超过三千度，已经超过了金属的沸点了，所以瞬间气化了"黑影"的剑。

刘天齐跳下一楼，打了个滚，破了点皮，皱了皱眉，一只手确实挺不习惯的……他站了起来，"天下武功，唯快不破"，这个黑影可以瞬间从三楼窜到一楼，已经可以证明他的速度了，"是变种人吗？基因改造？"刘天齐脑

海中闪过无数问号。而东方明则是揉了揉太阳穴，暗想：按照吴浩泽此时掌握的技术，已经可以创造出麒麟来看，造出变种人是非常简单的事情；看来可能是吴浩泽害怕掌控不了我，决定派这变种人来刺杀我。

"锵"，刘天齐闪电般地转身，手上的剑顺势刷了过去，接着就看到了另一把剑顶在刘天齐的剑上，同时看到一只红色的眼睛，随后又消失了。刘天齐皱了皱眉，恐怕确实是变种人了。转身用剑挡了几下，"叮，锵，铿，乒，乓，铠，滋，叮当。"刘天齐眼睁睁地看着手上的剑被削掉一半掉到了地上，便觉不妙。突然，刘天齐跳了起来，在空中转了一圈，同时做出各种动作，狼狈不堪地努力避开对手的武器。刘天齐跳到一个书架上，脚一蹬，书架就倒了下去，接着就听到"铠——"的一声，他落到地上，刚松了口气，忽然一惊……

刘天齐最后看到的东西，是一只亮着的、红色的眼睛……接着，就听到"刷"一声，刘天齐的头掉到了地上，汩汩的血从脖子的截断处流出……

东方明看着刘天齐的身体软下去，十分悲伤，同时也愣在了那里。刘天齐已经是在这个队伍里最强的人了，他死了，意味着一个强有力的保护者消失了。而且，刘天齐都打不过他的话，那么自己，还能活着吗？他感觉自己要疯了，甄逸死了，刘天齐死了，四个人已经被杀死了两个，现在自己恐怕也得死了，难道与游戏作对的人都免不了厄运——死亡吗？

忽然，东方明听到"哧——"的一声，知道这个人又想要刺进红光内，东方明看了看手上拿着的遥控器，不知红光能否坚持一个晚上……

曾志康暗叫了声可恶，突然，脑海中灵光一闪，咬了咬牙，嘴角勾勒出一丝苦笑，恐怕，还没想象中的那么糟。想着，架起了手上的枪，他就不断地开枪往红光那里打，东方明看着面前的子弹一个个气化为青烟往上飘，绝望地吼道："曾志康你疯了！"

曾志康笑道："东方明，将革命进行到底，马清云可信！"东方明愣了愣，这是在干吗？马清云可信，难道发短信的是他？不对，如果是他的话他会自己跟我说的，那么，发短信的会是谁呢？

过了二十分钟，曾志康的头忽然从三楼掉了下来，掉到了一楼。东方明闭上了眼睛，红光里是闻不到味道的，但是却已经能感觉到那股血腥味了。

死了三个人了，东方明在红光里干坐了半个小时，叹了口气，恐怕是真的要死了，那还用这个红光有什么用呢？正当他要关闭红光时，突然看见一只"眼睛"显现了出来，一个人倒在了地上，东方明愣住了，突然想到了什么，眼角忽然流下了一滴眼泪，"曾志康……你……一路走好！"

曼陀罗花毒在"子弹"内，曾志康把"子弹"打到红光上，曼陀罗花毒就会被气化，在空气中扩散开来，这样空气中就弥漫了毒气，会杀死接近红光的杀手。而毒气会被红光过滤，这就是为什么东方明没有倒下的原因。

第二天早上，毒气消散了，东方明沉重地按下遥控器，红光消失了。东方明带走了他们的所有装备，回头瞄了一眼躺在地上的袭击他的凶手，看着那只眼睛，皱了皱眉。

现在家是不能回去了，应该已经被爆炸搞得一团糟，那么先随便找个宾馆休息一下。

东方明躺在宾馆的床上，脑海中不断浮现着死去的甄逸、刘天齐、曾志康，他忍住了眼泪，深吸口气，坐起来。如果马清云真的可信的话，那么，计划必须实行了，哪怕不是最佳时机，否则还不知道会出现什么状况，他想着，拨了一个电话。

"喂，是马清云吗？""嗯，是我，你是？"马清云此时正在睡觉，忽然被一个电话惊醒，迷迷糊糊之间，也没看来电者，直接接了起来。"马清云，你还好吗？"马清云瞬间清醒了，道："东方明？怎么，为什么突然给我打电话？""电话里说不清楚……过来聊吧。""嗯，好的，你现在在哪里？""我在恩德宾馆502号房。""好，等我，大概12小时后到。"马清云立刻订了最快的星球客车票飞往炎龙星。东方明则是闭上了眼睛，一晚没睡，现在需要补觉。

"叮咚"，东方明被门铃惊醒，看向表，已经过了十二小时了，清醒了点，走去开门。马清云站在门外，问道："东方明，怎么了吗？"

东方明眼眶略微有些湿润，马清云一开口并不是质问为什么之前不相信他，而是问自己有什么事，东方明不得不承认被感动了一下，他道："嗯，进来聊吧，这件事情关系到我们与游戏对决的最终胜利。"

马清云点点头，走了进去，顺手关上了门。东方明拿出了一张纸，道："你还记得谁发明的癌细胞基因等位移除吗？知道那是怎么运作的吗？"马清云道："嗯，就是利用 eai 细菌注射到癌细胞内杀死癌细胞，并借助这一个癌细胞繁殖，同时扩散到其他的癌细胞以达到完全杀死癌细胞及治愈的过程。"东方明点了点头，笑道："我们现在就是要利用相同的方式，让整个游戏瘫痪。"

马清云愣了愣，没错，这是一个非常好的计划，马清云道："嗯，不错，但是，这个游戏应该很难入侵吧？"东方明道："不，恰恰相反，甄逸他们公司曾出过技术问题，如果我没猜错的话，吴浩泽肯定是曾经在那个公司工作的一个职员。而既然出过技术问题，那么这个游戏可能就有漏洞，现在系统已经出现过错乱，我相信，可以有办法让游戏崩溃。"

说着，东方明又想到了刘天齐，揉了揉眼，忽然一愣，道："马清云，你知道刘天齐他的家在哪儿吗？"马清云想了想，道："我不知道，不过系统资料库应该有，走，我们两个进去。"东方明愣了愣，问道："哈？什么系统资料库？"

马清云道："管理员有权限进入系统资料库和系统中枢啊，你不知道吗？"东方明摇了摇头，马清云道："哦，那……只要在心中默念进入系统资料库或系统中枢就行了，进来吧。"说着，忽然，马清云闪了一下，不见了，又马上出现了，就这么一瞬间，他已去查了系统资料库。马清云道："你怎么不进来啊？我已经查完了。"东方明哭笑不得："得，时间差问题，别忘了游戏中一天为现实中一秒……"马清云笑了笑，道："好吧，那么现在就去刘天齐他家吧。"

东方明点点头，马清云恐怕是已经猜到了他的用意，所以才会这么说。到了刘天齐家门口，看看周围没人，马清云一使劲，"砰"的一下撞开了门，这使他的手臂撞得生疼。东方明拍了拍马清云，笑了笑，道："手臂没事吧？"马清云笑道："我没事。"他们一起走了进去，东方明说："嗯，那我们分头行动吧，听你说一共有两层，你上二楼，我在一楼找。"马清云点点头，上楼了，东方明则是在一楼翻找那个东西。

半小时后，马清云下了楼，道："找到U盘了。"说着，摇了摇手上那小巧的东西，放到东方明手上。东方明笑着点了点头，道："好，来，接上电脑。"说着，他把一个加密过了的电脑拿了过来，把U盘插了进去，马清云于是开始操控电脑，对各种机器痴迷的他，要论入侵这种东西是很专业的。

但不一会儿，马清云皱起了眉，道："不对啊，这怎么到百分之八十就不动了？"东方明想起，当时刘天齐就是抱怨这个问题，看来这是一个非常严重的情况，东方明扶着马清云的肩，道："怎么回事？"马清云皱着眉，道："你看，按理说这应该是直接到百分之百的，但是这到百分之八十就不动了，说明刘天齐的这个编码肯定有点问题。"东方明道："那，你是管理员，应该比较熟悉系统的编码吧？"马清云摇了摇头，道："这个游戏是一种革命性技术，我所学的任意一种编码根本没办法和这个游戏的编码套上关系，恐怕刘天齐能弄出这个，也是因为曾参与过和这个游戏类似的游戏的开发。"东方明皱起了眉，马清云耸了耸肩，道："起码我现在没有办法解开。"东方明想了想，道："那把这个U盘直接插入游戏中枢的电脑呢？"马清云愣了愣："好主意。"

马清云接着道："嗯……好，我们去系统中枢。"东方明道："那就不需要这个U盘入侵了，我们直接把带病毒的U盘放进去，让病毒通过游戏的系统中枢去感染并在游戏中传播，从而让游戏崩溃！"这是东方明计划中的核心，他早已事先制作好了病毒U盘。

马清云点点头，两人同时默念进入系统中枢，随后，在原世界消失了。

即使东方明和马清云都是电脑高手，攻破游戏系统的防卫还是颇费周折，最终他们进入了游戏系统中枢。东方明站在游戏系统中枢的地板上，感觉到说不出的厌恶。马清云拿着 U 盘，插进了一个像主机一样的东西，点击、运行带病毒的 U 盘，病毒开始侵入游戏并快速传播……这病毒会在游戏中生出大量乱码。

他们没想到，这游戏的厉害之处在于，会把想破坏这游戏的人自动带进游戏。一瞬间，他们被带入游戏，两人瞬间就被乱码包围住了……病毒迅速扩散，这病毒的危害超出了东方明的预期，他原意只是想让游戏崩溃，但他没想到这游戏设计中有一自动默认程序，若游戏被病毒入侵，那么游戏中的人的大脑也将受到严重攻击，即使是管理员正在游戏中，也会被乱码包围，但管理员的好处在于：大脑不会被损坏。

正在游戏中的人的大脑都突然被冲击了一下……大多数人被冲击成了白痴，另外的少部分人则瞬间休克。

吴浩泽也正在游戏中，一惊，还来不及反应，也被乱码包围起来了……

吴浩泽知道这是有人用病毒恶意入侵游戏，他也知道搞破坏的人会被自动带入游戏，他脑筋一转，让其他管理员都进入游戏，来共同消灭搞破坏的人。

游戏中，管理员一个个显现，东方明和马清云两人的心瞬间跌落谷底，这些管理员共有9人，是：吴浩泽、谢林心、宋浩然、李岚、冯浩峰、梁祝荣、邓凌逸、张然和夏兴国。

十二、终极游戏

吴浩泽正想发动攻击令……

但他没有想到，东方明制作的游戏病毒很厉害，可以扰乱整个游戏系统和指令。

此时，游戏已不受任何人控制，游戏本身的恶念，使游戏发出了一道令吴浩泽等也非常惊惧的指令，他们都听到了一个声音："玩个游戏吧，嘿嘿，我会模拟出一个场景，你们在里面自相残杀吧，嘿嘿，最后的唯一胜利者可以离开游戏，成为正常人，但是其他人，嘿嘿嘿，都得死！"

十二、终极游戏

忽然，他们都恍惚了一下……

接着，当东方明意识回归时，发现自己在一个小岛上，实际是很小的一块陆地，岛小得只能容纳一个人，也就是说，他们被拆散了。东方明皱了皱眉，这么说，现在是在海上。东方明暗想，注入了病毒后，游戏产生了自己的思想吗？那么电脑病毒会不会一样呢？电脑中的高级病毒应该也是一样的，也就是说，电脑病毒都有自己的思维，思维的强弱决定病毒的强弱。东方明发现自己在这一瞬间明白了电脑病毒扩散的原理，他笑了笑。

那么现在，也就只有赢得最后的胜利才能活着出去吗？呵呵，吴浩泽恐怕自己都没想到现在自己会被自己的游戏反控制吧。东方明活动了一下，随后跳到了水里，游了起来，现在，要么在海里遇到人，要么在岛上找到人，生死厮杀，容不得一点人情……

东方明在海上游了好一会儿，正当他精疲力尽的时候，忽然看到了前面有一个较大的岛屿，顿时精神一振，立即游了过去。上岸后，东方明立即就趴地上了，在这一刻他才意识到一件事，现在如果遇到其他人的话，他根本没办法与之抗衡，他累得身体都快要虚脱了。

勉强站起身来，东方明看向这个岛，发现居然一望无际。他擦了擦脸，清醒休息了一会后，开始往里走。岛外面的一周是沙滩，中间是一人高的草地，最里面是一个丛林，东方明走进草地，刚踏进去就听到游戏的提示声音："梁祝荣被谢林心在四号岛屠杀。谢林心、东方明、宋浩然在四号岛。"

东方明一惊，已经有人死了，身体阵阵发虚，管理员为了活命，也在互相厮杀了。

东方明在草丛中坐了下来，他在想要不要离开这个岛，因为他已经知道此时谢林心和宋浩然在这个岛，而他们两个也知道了自己在这个岛上……其实东方明现在想亲手杀了谢林心，但是这却会冒很大的危险，他一瞬间进入了两难的局面。

没过十分钟，另一条声音传来："邓凌逸被马清云在六号岛屠杀。马清云、吴浩泽、张然在六号岛。"东方明

心中一紧，马清云可千万不能有什么事啊。忽然，旁边的草丛传来沙沙声，东方明一惊，连忙站起来，忽然腿麻了一下。这时，一个黑影从草丛中蹿了出来，一下子卡住了东方明的脖子，东方明只觉脖子要断掉了。脖子是人体比较薄弱的部位，一旦用一点力就能掐断，东方明在这生死存亡的一瞬间，脚用尽全力朝后一蹬，那个人被蹬退了两步，东方明顺势起身，看向那个人：宋浩然。

东方明毕竟没有实战经验。这时候不应该看，而是应该立即反攻。东方明错过了最好的攻击时机，宋浩然迅速手撑地，腿一扫，东方明被扫倒在地。宋浩然一拳打过去，东方明身体因虚弱来不及躲闪，就想用两只手掌顶住，但他身体太虚顶不住，这一拳就把东方明的半边脸打出了血。东方明强忍剧痛，怒号一声，用膝盖顶向宋浩然的腹部。宋浩然一翻，闪过了东方明这一腿，东方明看准时机，起身，顺势握拳，朝宋浩然打过去。宋浩然用手握住东方明的拳头，一扭，接着就听"咔嚓"一声。东方明惨叫一声，整只手软了下去，他咬紧牙关，忍住剧痛，立即朝反方向跑。宋浩然在后面追，东方明不敢往后看，此时的他已经迸发出了身体的极限，但是他知道，迟早会有透支的时候，在那一刻，恐怕就是自己的死期……

东方明已经跑到沙滩了，忽然，声音再次响起："夏兴国被李岚在三号岛屠杀，三号岛上无其他人。"就这一下令东方明慢了半拍，随后，宋浩然一拳打来。东方明感觉一股巨大的力量从外部打入脊椎，整个人飞出一米。他吐了口血，掉进了海里，呛了几口水之后浮了起来，全身被剧痛包围，此时东方明已经有放弃的心了。忽然，东方明感觉到自己被一股强有力的力量托了起来，随后便失去了知觉。

"宋浩然被马清云在四号岛屠杀。马清云、东方明、谢林心在四号岛。"东方明皱了皱眉，睁开了眼，发现马清云此时正站在自己的面前，背对着自己。在马清云面前躺着的，是宋浩然，很明显，宋浩然死不瞑目，半边头骨凹了下去。马清云转过头来，道："你需要休息，先睡吧。"东方明这才看到了马清云额头上的血，问道："你……没

173

事吧？"马清云摇摇头，道："我没事，你休息吧。"说着，坐到了地上，继续道："这里有我。"东方明闭上了眼睛，不一会儿便进入了休眠状态。

"谢林心被马清云在四号岛屠杀。马清云、李岚、冯浩峰、东方明在四号岛。"东方明被这个声音惊醒，醒来发现马清云此时已经进入昏迷状态了。东方明赶紧解开了马清云衣服的扣子，随后心情沉落谷底，马清云右胸有约一寸深的伤口，额头略微凹陷，同时有刀刮的痕迹，腹部被砍了一刀，右臂的伤口很深。

游戏中，东方明的心性似乎有点扭曲，他竟然动了一丝要杀死马清云的念头，他知道这时候杀了他，那么以后的对手就会少一个。东方明一激灵，赶紧定定心神，最终他下了一个决心，想办法杀死其他人，然后再想办法和马清云一起逃出游戏……

东方明知道自己没有练过武功，单打独斗也赢不了游戏中的任何其他人，想到此，他深吸口气，看来，只有想办法智取。他压制住从心底里传来的恐惧感，从谢林心身上取下刀，安置好马清云，离开了这个地方。

东方明走入了丛林，过了一会儿，却传来一个声音："李岚被冯浩峰在第四岛屠杀。冯浩峰、马清云、东方明在四号岛。"东方明苦笑一下，那这岂不是必须迎战强大的冯浩峰了？

这时，又一个声音传来："张然被吴浩泽在三号岛屠杀，无其他人在三号岛。"东方明苦笑了一下，现在，除了昏迷中的马清云，就只剩下三个人了啊。

忽然，系统说了句令东方明的心瞬间凉了下去的话："鉴于游戏现在仅剩三人能活动，将在一个五乘五平方米的小房间中正面厮杀。"

东方明一恍惚，再清醒时，身上除了衣裤外什么都没有了，全部伤口在一瞬间都已修复完毕，同时，也看到了站在另外两个墙角的冯浩峰和吴浩泽，而马清云则昏迷着躺在另外一个墙角的地上。吴浩泽一清醒，立即冲向冯浩峰，东方明心领神会，几乎在同时冲向了冯浩峰，因为冯浩峰武功最强，不杀了他，这两个人最终都没机会取胜。

　　冯浩峰略微皱眉，随后冲向了东方明，同时做好了拳击准备。东方明暗暗叫苦：为什么选上了我？赶紧一拳打过去，却没想到冯浩峰根本不怕，直面迎上。东方明虽打到了冯浩峰的脸，但却感觉自己打到了岩石上一般，接着，腹部传来一股剧痛。冯浩峰嘴角轻蔑一笑，东方明就倒飞出去，砸到了墙上，没忍住，吐了口血。

　　忽然，冯浩峰感觉自己的脖子被一双冰冷的手给掐住了，他一惊，根本没反应过来。只清晰地听到"咔"的一声，冯浩峰的身体软了下去。原来，吴浩泽也是搏击高手，速度极快，他利用冯浩峰出手攻击东方明的一刹那，快速攻击，掐住了冯浩峰的脖子……冯浩峰死亡。

　　吴浩泽没停歇，冲向了东方明，东方明嘴角微微一笑，闭上了眼，眼里微微有些湿润，知道自己难逃一死，也许，这就是宿命吧。

　　"吴浩泽阵亡，东方明胜利。"东方明一惊，睁开了眼，可惜视线却是模糊的，在他面前站着的人脸模糊不清，但却又那么熟悉，东方明终于没忍住，泪流了下来，这分明是马清云啊！

接着，东方明就眼前一黑，再睁开时，发现自己已从游戏中出来了，但是，马清云，却不在旁边……半小时后，东方明的手机收到一条短信：

"东方明，也许你会觉得很诡异，但是，没错，我确实还活着，只不过活在信息世界而已。游戏的编码确实会使人在现实世界死去，但是这个病毒改变了这个编码，那就是身体在现实消亡，在数据库里面也清除了，也就是说从那以后这个人就不存在了。但是，在游戏中死亡的那一瞬，可以接触到游戏的最终编码，我就是依靠那一瞬间，在自己被数据格式化之前将数据定格。当病毒意识到的时候，肯定已经晚了，我就这样侥幸地在数据的世界里面存活。也许有一天，你可以将我在现实世界复活，青山不改，绿水长流，我们后会有期。"

东方明终于明白，以前的短信都是马清云发的，他一直在暗中努力帮助自己！东方明非常感动……同时他也下了决心，以后一定要想办法把马清云从数据世界中救活……

那一天，东方明打开电视，期待着自己想要的镜头，新闻是这样的："昨天，一百多名学者同时失踪，其中包括吴浩泽、谢林心、马清云、东方明等人，现警方已成立专案小组，望尽快查出原因……"

此时，东方明忽然想到吴浩泽咖啡厅地下室那些危险的转基因"麒麟"，他带上"曼陀罗枪"和几个"镰刀"，赶过去把那些麒麟杀光，同时又用"镰刀"的红光，将那些麒麟烧成灰烬，这样毒素便不会留下。

东方明做完这些后，独自坐在房间里，眼泪再次涌出，是的，没错，胜利了，但是这次死了那么多知名科学家，恐怕会给人类的科学发展带来前所未有的阻碍。东方明看向窗外，诺海星正沿着轨道往这边移动，东方明沉默了，人类的未来何去何从，恐怕，决定权在现在仅存的科学家手中……

十三、尾声

10 年后……

东方明长吁一声，躺在了沙发上，拿起电话，对那边说道："都过来，调试完毕了，过来检查一遍，后天是发布会，都别搞砸了。"

东方明打好领带，微笑着出现在"时光机新闻发布会"讲台上，这次新闻发布会吸引了全世界媒体的目光。东方明讲道："相信大家都对我们这个项目略有耳闻，但大家知道这个项目意味着什么吗？这意味着过去、现在和未来的连接，意味着应用物理学前进的一大步！我们要永远记住曾志康，是他，让我们知道了时间是量子化的，为这个机器的研发提供了确凿的理论基础，也坚定了我创造这个机器的决心，没错，这就是 TM(time machine) 时光机！"全场掌声雷动，东方明心中暗笑了一下，终于，马上就到那一步了。

讲了大约两个小时之后，东方明道："好，相信大家可能会对时光机有所质疑，现在，我就在现场演示一遍！有请时光机！"一个巨型的银灰色机器从幕后被推了出来，东方明打开机器的门，走了进去，深吸口气，调整好时间，接着，按下了启动键。"滴滴滴滴，噌——"

东方明到了哪里？原来他已经设计出能救活马清云的程序，因为他又发现了一场惊天科学阴谋，他要救活马清云，再次和马清云联手让科学为正义所用……

后 记

2015 年暑假的一天，谢晨老师带我们去华大基因参观，在那里我感触颇深，首先便是感叹科技的发展，感叹基因工程的发展，以后基因工程将对人类有巨大影响。

当今是科技高速发展的时代，在国外已生产出带有部分情感的机器人，科技发展日新月异。同时众所周知，科技也是一把双刃剑，人类正向利用，可以为人类和地球造福，但某些科技若被坏人利用，也将给人类和地球造成毁灭性灾难。

　　我构思的这篇小说，正是体现了这种思想：科技是中性的，必须从有利于社会和人类的角度去利用，而千万不可被坏人利用，否则后果不堪设想。在这部小说中，东方明和马清云作为正义力量的代表，战胜了邪恶力量，夺回了科学家脑电波的控制权，从而拯救了人类。很多人都曾设想过全息游戏，但是，他们所想的似乎和我所想的不同。我所想的全息游戏，是直接通过与大脑的接触从而模拟出各种感觉，进而达到真实的感觉。

　　但是，与大脑接触就会出现一些问题，比如说大脑里面的东西毫无保留地展现在了所有可以接触到游戏终端的人面前，大脑传回来的这些东西，有些人可能会为了保护玩家的利益而选择屏蔽掉这些思想，但是另外一群人，却会将这些东西据为己有，吴浩泽便是这样为达目的而不择手段，他想控制这些科学家的大脑，控制人类。从霍金的《时间简史》中受到启发，我想到了时间也可能是量子化的，所以在小说中描写了一段很有意思的时间量子化的情节，类似的有趣情节有许多。

后　记

　　这篇小说写完了，却也未完。在我以后的作品中，我所构造的这个未来将会渐渐展开，其他设定也会渐渐地浮出水面，有一些可能在这里没有解开的疑点，将会在后续作品中讲到，同时，这个故事也没这么简单，东方明在这十年里经历了什么？故事并没有结束，幕后的幕后有没有幕后呢？

　　希望大家在看完后能够思考一下这些问题，思考一下未来发展的趋势，因为，也许未来不会像我们想象的那么好，但也不一定会像我们想象的那么坏，未来我们并不能完全探知到，但是，我们却可以有很多的构想，去展望未来，迎接未来。

　　在这里，我要特别感谢深圳市中学生文联秘书长谢晨先生，正是在他的督促和鼓励下，我才能完成这篇科幻小说。同时也要感谢我的语文老师，深圳实验学校傅芳觉老师，他一直在关心和指导我的写作，同时指导我创作这部科学幻想小说；还要感谢我的班主任，深圳市科学高中曲秀玲老师和邓鹏年级长，深圳实验学校杨洋老师和徐菁老师，有了他们的关心和帮助，我才能走到今天。另外我也要感谢"动物小说王子"、复旦大学中文系博士袁博，给我推荐了许多可读书目，也给了我许多很好的写作建议。

我要特别感谢深圳实验学校及衷敬高校长、深圳市科学高中及尚强校长，在这两所科技教育方面独树一帜的学校，我受到了科学与人文精神的洗礼，我真正领会了科技和人文才是人类社会前进的"鸟之双翼，车之双轮"，我也才能受到鼓励，完成这部小说。

最后，我要感谢我的爸爸妈妈对我从小写作的鼓励和引导，还有我可爱的弟弟总是喜欢读我写的东西，这也很鼓舞我！

王艺博